Jesus, o Filho do Homem

O livro é a porta que se abre para a realização do homem.

Jair Lot Vieira

KHALIL GIBRAN

Jesus, o Filho do Homem

Suas palavras e Suas obras
contadas e registradas
por aqueles que
O conheceram

Tradução e notas: Lígia Barros
Bacharel em Letras – Inglês/Português pela USP

mantra

Copyright da tradução e desta edição © 2016 by Edipro Edições Profissionais Ltda.
Todos os direitos reservados. Nenhuma parte deste livro poderá ser reproduzida ou transmitida de qualquer forma ou por quaisquer meios, eletrônicos ou mecânicos, incluindo fotocópia, gravação ou qualquer sistema de armazenamento e recuperação de informações, sem permissão por escrito do editor.

Grafia conforme o novo Acordo Ortográfico da Língua Portuguesa.

1ª edição, 1ª reimpressão 2023.

Editores: Jair Lot Vieira e Maíra Lot Vieira Micales
Produção editorial: Fernanda Rizzo Sanchez
Tradução e notas: Lígia Barros
Revisão: Maria Aiko Nishijima
Projeto gráfico e editoração eletrônica: Diagrama Studio Design
Arte da capa: Diagrama Studio Design

Dados Internacionais de Catalogação na Publicação (CIP)
(Câmara Brasileira do Livro, SP, Brasil)

Gibran, Khalil, 1883-1931

   Jesus, o Filho do Homem : Suas palavras e Suas obras contadas e registradas por aqueles que O conheceram / Khalil Gibran ; tradução e notas Lígia Barros. – São Paulo : Mantra, 2016.

   Título original: Jesus the Son of Man: His words and His deeds as told and recorded by those who knew Him.

   ISBN 978-85-68871-06-5

   1. Bíblia – História de fatos bíblicos – Ficção 2. Ficção cristã 3. Jesus Cristo – Ficção I. Título.

15-09150   CDD-813

Índice para catálogo sistemático:
1. Jesus Cristo : Ficção :
Literatura norte-americana : 813

mantra.
São Paulo: (11) 3107-7050 • Bauru: (14) 3234-4121
www.mantra.art.br • edipro@edipro.com.br
@editoramantra

Sumário

Tiago, o filho de Zebedeu – *Sobre os reinos do mundo*, 11

Ana, a mãe de Maria – *Sobre o nascimento de Jesus*, 16

Assaf, o orador de Tiro – *Sobre o discurso de Jesus*, 19

Maria Madalena – *Sobre o primeiro encontro com Jesus*, 21

Filemon, um farmacêutico grego – *Sobre Jesus, o mestre médico*, 25

Simão, conhecido como Pedro – *Quando ele e seu irmão foram convocados*, 27

Caifás – *O Sumo Sacerdote*, 32

Joana, a mulher do camareiro de Herodes – *Sobre as crianças*, 34

Rafca – *A noiva de Caná*, 36

Um filósofo persa em Damasco – *Sobre deuses antigos e novos*, 39

Davi, um de seus seguidores – *Jesus, o prático*, 42

Lucas – *Sobre os hipócritas*, 44

Mateus – *O sermão da montanha*, 46

João, o filho de Zebedeu – *Sobre os vários nomes de Jesus*, 51

Um jovem sacerdote de Cafarnaum – *Sobre Jesus, o mágico*, 54

Um levita rico das redondezas de Nazaré – *Jesus, o bom carpinteiro*, 56

Um pastor no sul do Líbano – *Uma parábola*, 58

João Batista – *Conversa na prisão com seus discípulos*, 60

José de Arimateia – *Sobre os principais objetivos de Jesus*, 62

Nataniel – *Jesus não era manso*, 67

Saba de Antioquia – *Sobre Saulo de Tarso*, 69

Salomé a uma amiga – *Um desejo insatisfeito*, 71

Raquel, uma discípula – *Sobre Jesus: a visão e o homem*, 74

Cléofas de Batrum – *Sobre a lei e os profetas*, 77

Naamã dos Gadarenos – *Sobre a morte de Estêvão*, 79

Tomé – *Sobre os antepassados de suas dúvidas*, 81

ELMADÃ, O LÓGICO – *JESUS, O PROSCRITO*, 83

UMA DAS MARIAS – *SOBRE SUA TRISTEZA E SEU SORRISO*, 85

ROMANOUS, UM POETA GREGO – *JESUS, O POETA*, 86

LEVI, UM DISCÍPULO – *SOBRE AQUELES QUE DESEJAVAM CONFUNDIR JESUS*, 88

UMA VIÚVA DA GALILEIA – *JESUS, O CRUEL*, 91

JUDAS, O PRIMO DE JESUS – *SOBRE A MORTE DE JOÃO BATISTA*, 93

O HOMEM DO DESERTO – *SOBRE OS CAMBISTAS*, 96

PEDRO – *SOBRE O DIA SEGUINTE DE SEUS SEGUIDORES*, 98

MALAQUIAS DA BABILÔNIA, UM ASTRÔNOMO – *O MILAGRE DE JESUS*, 100

UM FILÓSOFO – *SOBRE MILAGRES E BELEZA*, 103

URIAS, UM ANCIÃO DE NAZARÉ – *ELE ERA UM ESTRANHO ENTRE NÓS*, 105

NICODEMO, O POETA – *SOBRE OS TOLOS E OS MALABARISTAS*, 107

JOSÉ DE ARIMATEIA – *OS DOIS RIACHOS NO CORAÇÃO DE JESUS*, 111

GEORGUS DE BEIRUTE – *SOBRE ESTRANGEIROS*, 113

MARIA MADALENA – *SUA BOCA ERA COMO O CORAÇÃO DA ROMÃ*, 115

JOTÁ DE NAZARÉ, PARA UM ROMANO – *SOBRE VIVER E SER*, 117

EFRAIM DE JERICÓ – *A OUTRA FESTA DE CASAMENTO*, 119

BARCA, UM MERCADOR DE TIRO – *SOBRE COMPRAR E VENDER*, 121

Fúmia, a suma sacerdotisa de Sídon – *Uma invocação*, 123

Benjamin, o escriba – *Deixem os mortos enterrarem seus mortos*, 126

Zaqueu – *Sobre o destino de Jesus*, 128

Jonatá – *Entre os nenúfares*, 130

Hannah de Betsaida – *Fala da irmã de seu pai*, 132

Manassés – *Sobre o discurso e os gestos de Jesus*, 136

Jefta de Cesareia – *Um homem farto de Jesus*, 138

João, o discípulo amado – *Sobre Jesus, a palavra*, 140

Manus, o pompeiano, a um grego – *Sobre as divindades semíticas*, 142

Pôncio Pilatos – *Sobre ritos e cultos orientais*, 144

Bartolomeu em Éfeso – *Sobre escravos e proscritos*, 149

Mateus – *Sobre Jesus junto ao muro da prisão*, 151

André – *Sobre prostitutas*, 153

Um homem rico – *Sobre propriedades*, 156

João em Patmos – *Jesus, o benevolente*, 158

Pedro – *Sobre o próximo*, 162

Um sapateiro em Jerusalém – *Uma pessoa indiferente*, 164

Suzana de Nazaré – *Sobre a juventude e a vida adulta de Jesus*, 165

José, denominado o Justo – *Jesus, o viajante*, 175

Filipe – *E quando Ele morreu, toda a humanidade morreu*, 177

Birbarah de Yammouni – *Sobre Jesus, o impaciente*, 179

A mulher de Pilatos diz a uma dama romana, 181

Um homem nos arredores de Jerusalém – *Sobre Judas*, 183

Sarkis, um velho pastor grego, chamado de louco – *Jesus e Pã*, 188

Anás, o Sumo Sacerdote – *Sobre o Jesus da ralé*, 191

Uma mulher, uma das vizinhas de Maria – *Um lamento*, 193

Ahaz, o corpulento – *O estalajadeiro*, 195

Barrabás – *As últimas palavras de Jesus*, 198

Cláudio, uma sentinela romana – *Jesus, o estoico*, 200

Tiago, o irmão do Senhor – *A última ceia*, 202

Simão de Cirene – *Aquele que carregou a cruz*, 209

Ciboria – *A mãe de Judas*, 211

A mulher de Biblos – *Um lamento*, 213

Maria Madalena trinta anos depois – *Sobre a ressurreição do espírito*, 215

Um homem do Líbano – *Dezenove séculos depois*, 217

Tiago, o filho de Zebedeu

SOBRE OS REINOS
DO MUNDO

Em certo dia de primavera, Jesus estava na praça do mercado de Jerusalém e falou para a multidão sobre o reino dos céus.

Ele acusou os escribas e os fariseus de criar armadilhas e cavar alçapões no caminho daqueles que anseiam pelo reino, e os denunciou.

Contudo, no meio da multidão havia um grupo de homens que defendia os fariseus e os escribas, e eles tentaram prender Jesus e nos prender também.

Mas Ele os evitou, deu-lhes as costas e andou na direção do portão norte da cidade.

E Ele nos disse:

– Minha hora ainda não chegou. Muitas são as coisas que ainda tenho a lhes dizer, e muitas são as ações que ainda tenho para fazer antes de me entregar ao mundo.

Então Ele continuou, e havia alegria e riso em Sua voz:

– Vamos para o País do Norte encontrar a primavera. Venham comigo às colinas, pois o inverno já passou e as neves do Líbano estão descendo aos vales para cantar com os riachos.

"Os campos e vinhedos baniram o sono e estão despertos para receber o Sol com seus figos verdes e uvas tenras."

E Ele caminhou diante de nós, e nós O seguimos, naquele dia e no seguinte.

E na tarde do terceiro dia alcançamos o sopé do Monte Hérmon, e ali Ele ficou contemplando do alto as cidades das planícies.

Seu rosto reluziu como ouro fundido, e Ele estendeu os braços e nos disse:

– Observem a terra em seu traje verde e vejam como os riachos decoraram as bordas de suas vestes com prata.

"Na verdade, a Terra é bela, e tudo o que há nela é belo.

Mas há um reino além de tudo o que vocês veem, e lá devo governar. E se vocês escolherem e se de fato desejarem, também devem ir e governar comigo.

"Meu rosto e seus rostos não serão mascarados; nossas mãos não segurarão nem espada nem cetro, e nossos súditos nos amarão em paz e não vão nos temer."

Assim falou Jesus, e fiquei cego para todos os reinos da Terra e para todas as cidades de muros e torres; e em meu coração senti que deveria seguir o Mestre até o Seu reino.

Bem naquele momento, Judas Iscariotes avançou. Ele foi até Jesus e disse:

– Vejam, os reinos do mundo são vastos, e as cidades de Davi e de Salomão devem derrotar os romanos. Se você for o rei dos judeus, ficaremos ao seu lado com espada e escudo e derrotaremos os estrangeiros.

Mas quando Jesus ouviu isso, Ele se virou para Judas, e Seu rosto estava repleto de ira. Ele falou com uma voz terrível como o trovão no céu e disse:

— Para trás, Satã. Acha que depois de todos esses anos vou governar um formigueiro por um dia?

"Meu trono é um trono além de sua visão. Deve aquele cujas asas envolvem o mundo buscar abrigo em um ninho abandonado e esquecido?

"Devem os vivos ser honrados e exaltados pelos que vestem mortalhas?

"Meu reino não é nesta Terra, e meu trono não foi construído sobre os crânios de seus ancestrais.

"Se busca algo além do reino dos espíritos, então, é melhor me abandonar aqui e descer à caverna dos seus mortos, onde as cabeças coroadas de outrora reinam em suas tumbas e talvez ainda estejam prestando homenagem sobre os ossos de seus antepassados.

"Ousa me tentar com uma coroa de entulho quando minha testa busca as Plêiades ou então seus espinhos?

"Se não fosse pelo sonho de uma raça esquecida, eu não sofreria com o seu sol se erguendo sobre minha paciência, nem com sua lua lançando minha sombra sobre o seu caminho.

"Se não fosse pelo desejo de uma mãe, eu teria me despido de minhas fraldas e retornado ao espaço.

"E se não fosse pela dor em todos vocês, eu não teria ficado para chorar.

"Quem é você e o que é você, Judas Iscariotes? E por que me tenta?

"Você, na verdade, me pesou na balança e me considerou o homem certo para liderar legiões de pigmeus e dirigir

carruagens de disformes contra um inimigo que acampa apenas em seu ódio e marcha para local nenhum além de seu medo?
"São muitos os vermes que rastejam pelos meus pés, e não vou enfrentá-los. Estou cansado do escárnio e cansado de ter pena de vermes que me consideram covarde por não ficar entre seus muros e torres protegidos.
"É lamentável que eu precise de compaixão até o fim. Gostaria de poder dirigir meus passos a um mundo maior onde homens maiores habitam. Mas como?
"Seu sacerdote e seu imperador querem o meu sangue. Eles serão satisfeitos antes que eu me vá daqui. Não mudarei o curso da lei. E não governarei a loucura.
"Deixe a ignorância se reproduzir até ficar cansada da própria prole.
"Deixe o cego guiar o cego até o alçapão.
"E deixe o morto enterrar o morto até a terra se engasgar com seu próprio fruto amargo.
"Meu reino não é o da terra. Meu reino será onde dois ou três de vocês se reunirão em amor, maravilhados com a beleza da vida e de bom humor, lembrando-se de mim."
De repente, Ele se virou para Judas e disse:
– Para trás, homem. Seus reinos nunca pertencerão ao meu reino.
E agora o crepúsculo chegou, e Ele se virou para nós e disse:
– Vamos descer. A noite cai sobre nós. Vamos caminhar na luz enquanto ela estiver conosco.
Então Ele desceu das colinas e nós O seguimos. E Judas seguiu a distância.
E quando chegamos à planície já era noite.
E Tomé, filho de Diófanes, disse a Ele:

– Mestre, está escuro agora, e não conseguimos mais enxergar o caminho. Se for de seu agrado, conduza-nos até as luzes daquele vilarejo onde poderemos encontrar carne e abrigo.

E Jesus respondeu a Tomé, dizendo:
– Levei-os às alturas quando estavam famintos e os trouxe às planícies com uma fome ainda maior. Mas não posso permanecer com vocês esta noite. Ficarei sozinho.

Então Simão Pedro deu um passo adiante e disse:
– Mestre, não nos faça caminhar sozinhos na escuridão. Deixe que fiquemos com o senhor nesta trilha. A noite e as sombras da noite não vão perdurar, e a manhã logo nos encontrará se o senhor ficar conosco.

E Jesus respondeu:
– Nesta noite as raposas terão suas tocas e as aves do ar, seus ninhos, mas o Filho do Homem não tem nenhum lugar na Terra onde repousar a cabeça. Agora ficarei sozinho. Se desejarem me ver, vão me encontrar novamente no lago onde eu os encontrei.

Afastamo-nos Dele com o coração pesado, pois não era nosso desejo deixá-Lo.

Muitas vezes paramos e viramos o rosto em Sua direção, observando-o em Sua majestade solitária, dirigindo-se para o oeste.

O único entre nós que não se virou para olhá-Lo em Sua solidão foi Judas Iscariotes.

E a partir daquele dia, Judas se tornou calado e distante. E achei que havia perigo nas órbitas de seus olhos.

Ana, a mãe de Maria

SOBRE O NASCIMENTO DE JESUS

Jesus, o filho da minha filha, nasceu aqui em Nazaré no mês de janeiro. E na noite em que Jesus nasceu fomos visitados por homens do Oriente. Eram persas que vieram a Esdrelon com as caravanas de midianitas a caminho do Egito. E como não encontraram quartos na estalagem, abrigaram-se em nossa casa.

E eu lhes dei as boas-vindas e disse:

— Minha filha deu à luz um filho esta noite. Estou certa de que vão me perdoar se não os servir como convém a uma anfitriã.

Eles me agradeceram por hospedá-los. E, depois de jantar, me disseram:

— Desejamos ver o recém-nascido.

O filho de Maria era belo de se ver, e ela também era graciosa.

E quando os persas viram Maria e o bebê, eles tiraram ouro e prata de suas bolsas, mirra e incenso e os colocaram aos pés do bebê.

Então se prostraram e rezaram em uma língua estranha que não entendíamos.

E quando os conduzi ao quarto preparado para eles, eles andavam como se estivessem assombrados com o que tinham visto.

Quando a manhã chegou, eles nos deixaram e seguiram a estrada para o Egito.

Mas, na partida, falaram comigo e disseram:

– A criança não tem ainda nem um dia, mas vimos a luz de Deus em Seus olhos e o sorriso de Deus em Sua boca.

"Pedimos que O protejam para que Ele possa proteger a todos."

Dizendo isso, montaram em seus camelos e nunca mais os vimos.

Agora Maria não parecia tão contente com seu primogênito, mas admirada e surpresa.

Ela contemplava o bebê e virava o rosto para a janela, olhando para longe, no céu, como se tivesse visões.

E havia vales entre o seu coração e o meu.

A criança cresceu em corpo e espírito, e mostrou-se diferente das outras. Era um menino solitário e difícil de controlar, e eu não conseguia fazer com que me obedecesse.

Mas era amado por todos em Nazaré, e em meu coração eu sabia por quê.

Muitas vezes Ele levava nossa comida para doar a transeuntes. E dava a outras crianças a compota que eu Lhe dava, antes mesmo de ter provado com a própria boca.

Ele subia nas árvores do meu pomar para colher frutas, mas nunca as comia.

E corria com os outros meninos e, às vezes, como tinha pés mais ágeis, desacelerava para que os outros pudessem chegar antes Dele.

E, às vezes, quando eu O levava para a cama, Ele dizia:
– Diga à minha mãe e aos outros que apenas o meu corpo vai dormir. Minha mente ficará com eles até que a mente deles venha ao meu amanhecer.

Ele falava muitas outras palavras maravilhosas quando era menino, mas estou velha demais para lembrar.

Agora dizem que não O verei mais. Mas como posso acreditar no que dizem?

Ainda ouço Seu riso e o som Dele correndo pela casa. E, sempre que beijo o rosto da minha filha, sinto Sua fragrância retornar ao coração e Seu corpo parece preencher meus braços.

Mas não é estranho que minha filha não converse sobre seu primogênito comigo?

Às vezes parece que minha saudade é maior que a dela. Ela se mantém firme diariamente, como se fosse uma estátua de bronze, enquanto o meu coração derrete e flui em riachos.

Talvez ela saiba o que não sei. Gostaria que também me contasse.

Assaf, o orador de Tiro

Sobre o discurso de Jesus

O que tenho a dizer sobre Seu discurso? Talvez algo Nele desse força às Suas palavras e atingisse aqueles que O ouviam. Ele era belo, e o brilho do dia caía sobre o Seu rosto.

Homens e mulheres olhavam para Ele mais do que ouviam Seus argumentos. Mas, às vezes, Ele falava com o poder de um espírito, e Este tinha autoridade sobre aqueles que O ouviam.

Em minha juventude, ouvi os oradores de Roma, Atenas e Alexandria. O jovem Nazareno era diferente de todos.

Eles reuniam as palavras com arte para encantar o ouvido, mas, quando você O ouvia, seu coração o deixava e partia para regiões ainda desconhecidas.

Ele contava uma história ou narrava uma parábola, e nada semelhante nunca fora ouvido na Síria. Ele parecia tecê-las a partir das estações, assim como o tempo tece os anos e as gerações.

Ele iniciava uma história assim:

– O lavrador foi ao campo para plantar suas sementes.
Ou
– Havia um homem rico que possuía muitos vinhedos.
Ou
– Um pastor contou seus carneiros ao anoitecer e descobriu que faltava um.

Essas palavras transportavam Seus ouvintes até seus eus mais simples e o início de seus dias.

No fundo do coração somos todos lavradores e amamos o vinhedo. E nos pastos de nossa memória há um pastor e um rebanho de carneiros perdidos.

E há o arado, o lagar e a eira.

Ele conhecia a fonte de nosso eu mais antigo e o fio persistente do qual somos tecidos.

Os oradores gregos e romanos falavam aos ouvintes sobre a vida vista pela mente. O Nazareno falava de um desejo que se alojava no coração.

Eles viam a vida com olhos apenas um pouco mais claros que os seus e os meus. Ele via a vida com a luz de Deus.

Costumo pensar que Ele falava ao povo como uma montanha falaria à planície.

E em Seu discurso havia um poder que não era dominado pelos oradores de Atenas ou de Roma.

Maria Madalena

Sobre o primeiro
encontro com Jesus

Foi no mês de junho que O vi pela primeira vez. Ele estava andando pelo campo de trigo quando passei com minhas criadas, e Ele estava sozinho.

O ritmo de Seus passos era diferente do de outros homens, e o movimento de Seu corpo não se parecia com nada que eu já tivesse visto antes.

Os homens não andam sobre a terra daquela maneira. E, mesmo agora, não sei se Ele andava rápido ou vagarosamente.

Minhas criadas apontaram para Ele e sussurraram timidamente entre si. Detive meus passos por um instante e ergui a mão para cumprimentá-Lo. Mas Ele não virou o rosto e não olhou para mim. E eu O odiei. Fui rejeitada e fiquei com frio como se estivesse sob uma nevasca. Estremeci.

Naquela noite, eu O vi em meus sonhos; e mais tarde me disseram que gritei enquanto dormia e me remexi na cama.

Foi no mês de agosto que O vi novamente, pela janela. Ele estava sentado à sombra do cipreste do outro lado do jardim e estava parado como se tivesse sido esculpido na pedra, como as estátuas de Antioquia e de outras cidades do País do Norte.

E meu escravo, o egípcio, veio a mim e disse:

– Aquele homem está aqui novamente. Está sentado no jardim.

E eu olhei para Ele, e minha alma estremeceu dentro de mim, pois Ele era belo.

Seu corpo era único e cada parte parecia amar a outra parte.

Então me vesti com o traje de Damasco, deixei minha casa e caminhei até Ele.

Foi minha solidão ou Sua fragrância que me atraiu a Ele? Foi a fome em meus olhos, que desejava beleza, ou Sua beleza, que buscava a luz de meus olhos?

Mesmo agora eu não sei.

Caminhei até Ele com minhas vestes perfumadas e sandálias douradas, aquelas que o capitão romano me deu, estas sandálias. E quando O alcancei, disse:

– Bom dia.

E Ele respondeu:

– Bom dia, Miriam.

Ele olhou para mim, com seus olhos escuros como a noite, como nenhum homem me olhou antes. E, de repente, era como se eu estivesse nua, e fiquei envergonhada.

Apesar de ele ter dito apenas "Bom dia".

Então Lhe disse:

– Não quer vir para a minha casa?

E Ele respondeu:

– Já não estou em sua casa?

Não entendi então o que ele queria dizer, mas agora entendo.

E questionei:

– Não quer tomar vinho e comer pão comigo?

E Ele falou:

– Sim, Miriam, mas não agora.

"Não agora, não agora", insistiu Ele. E a voz do oceano estava nessas duas palavras, e a voz do vento e das árvores. E quando Ele as disse para mim, a vida falou com a morte.

Saiba, amigo, eu estava morta. Eu era uma mulher divorciada de sua alma. Estava vivendo separada deste eu que você vê agora. Eu pertencia a todos os homens e a nenhum. Chamavam-me de prostituta e de mulher possuída por sete demônios. Eu estava amaldiçoada e era invejada.

Mas quando Seus olhos de aurora encararam os meus, todas as estrelas de minha noite desapareceram e me tornei Miriam, apenas Miriam, uma mulher perdida para a terra que ela conhecia e que se encontrava em novos lugares.

Repeti para Ele:

– Entre em casa e partilhe de meu pão e vinho.

E ele disse:

– Por que pede que eu seja seu hóspede?

Eu respondi:

– Peço que venha para casa.

E tudo o que era terreno em mim, e tudo o que era celestial em mim, convocava-O.

Ele olhou para mim e a tarde de Seus olhos caiu sobre mim. E Ele disse:

– Você tem muitos amantes e, no entanto, apenas eu a amo. Os outros homens amam eles mesmos quando estão com você. Eu a amo por você. Os outros homens veem uma beleza em você que pode desaparecer antes dos próprios anos deles. Mas eu vejo em você uma beleza que não desaparecerá, e no outono de seus dias essa beleza não terá medo de se ver no espelho e não ficará ofendida.

"Apenas eu amo o invisível em você."

Então, Ele continuou em voz baixa:

– Vá agora. Se este cipreste é seu e você não quer que eu me sente à sombra dele, vou seguir meu caminho.

E gritei para Ele:

– Mestre, venha para a minha casa. Tenho incenso para queimar para você e uma bacia de prata para seus pés. Você é um estranho, mas não é um estranho. Rogo-lhe, entre em casa.

Ele se levantou, olhou para mim como as estações olhariam para o campo e sorriu. E disse novamente:

– Todos os homens a amam por eles mesmos. Eu a amo por você.

Então, afastou-Se.

Mas nenhum outro homem já caminhou da forma que Ele caminhava. Era uma brisa nascida em meu jardim que se movia para o leste? Ou era uma tempestade que abalaria tudo até a fundação?

Não sei, mas naquele dia o pôr do sol de Seus olhos matou o dragão em mim, e me tornei uma mulher, me tornei Miriam, Miriam de Mijdel.

Filemon, um farmacêutico grego

Sobre Jesus, o mestre médico

O Nazareno foi o médico de Seu povo. Nenhum outro homem sabia tanto sobre nosso corpo, seus elementos e suas propriedades.

Ele recuperou os que sofriam de doenças desconhecidas dos gregos e egípcios. Dizem que até trouxe os mortos de volta à vida. E, sendo verdade ou não, isso mostra Seu poder; pois apenas a quem fez grandes coisas são atribuídas as maiores coisas.

Também dizem que Jesus visitou a Índia e o país entre os Dois Rios[1], e que lá os sacerdotes Lhe revelaram o conhecimento de tudo o que há de oculto nos recessos de nossa carne.

No entanto, esse conhecimento pode Lhe ter sido passado diretamente pelos deuses e não pelos sacerdotes. Pois aquilo que permaneceu desconhecido para todos os homens por uma

---

[1] Mesopotâmia.

era pode ser revelado a um homem em apenas um instante. E Apolo pôde tocar sua mão no coração do obscuro e torná-lo sábio.

Muitas portas estavam abertas aos tírios e aos tebanos, e para esse homem certas portas vedadas também estavam abertas. Ele penetrou no templo da alma, que é o corpo; e viu os espíritos malignos que conspiram contra nossas forças e também os espíritos bons que tecem seus fios.

Acho que foi com o poder da oposição e da resistência que Ele curou os doentes, mas de maneira desconhecida por nossos filósofos. Surpreendia a febre com um toque frio como a neve e ela recuava; e surpreendia os membros endurecidos com Sua calma, e eles se rendiam a Ele e ficavam em paz.

Ele conhecia a escassa seiva dentro da casca enrugada – mas como alcançava a seiva com os dedos eu não sei. Ele conhecia o metal intacto por baixo da ferrugem – mas como libertava a espada e a fazia brilhar nenhum homem pode dizer.

Às vezes me parece que Ele ouvia a dor murmurante de todas as coisas que crescem sob o sol e que as erguia e as apoiava, não apenas com Seu conhecimento, mas também lhes revelando seu próprio poder para elas se erguerem e se curarem.

No entanto, Ele não estava muito preocupado consigo como médico. Estava mais preocupado com a religião e a política de sua terra. E disso me arrependo, pois o mais importante de tudo é ter um corpo saudável.

Mas aqueles sírios, ao serem visitados por uma doença, buscam uma discussão e não a medicina.

E é uma pena que o maior de todos os seus médicos preferiu discursar na praça.

Simão, conhecido como Pedro

Quando ele e seu irmão foram convocados

Eu estava à beira do lago da Galileia quando vi Jesus, meu Senhor e Mestre pela primeira vez.

Meu irmão André estava comigo e estávamos lançando nossa rede na água.

As ondas eram fortes e altas, e pegamos poucos peixes. E nosso coração estava triste.

De repente, Jesus estava diante de nós, como se tivesse se materializado naquele momento, pois não O havíamos visto se aproximar.

Ele nos chamou pelo nome e disse:

– Se me seguirem, vou levá-los a uma enseada repleta de peixes.

Quando olhei para o Seu rosto, a rede caiu das minhas mãos, pois uma chama acendeu-se dentro de mim e eu O reconheci.

E meu irmão André disse:

– Conhecemos todas as enseadas desta costa e também sabemos que em um dia com vento como este os peixes buscam as profundezas além de nossas redes.
E Jesus respondeu:
– Sigam-me até as enseadas de um oceano maior. Farei de vocês pescadores de homens. E a rede nunca mais ficará vazia.
Abandonamos nosso barco e nossa rede e o seguimos.
Eu estava atraído por um poder invisível, que caminhava atrás Dele.
Caminhei próximo a Ele, sem fôlego e maravilhado, e meu irmão André estava atrás de nós, perplexo e admirado.
Enquanto caminhávamos pela areia, tomei coragem e Lhe disse:
– Senhor, eu e meu irmão seguiremos seus passos e iremos aonde for. Mas se desejar vir à nossa casa esta noite ficaremos felizes com sua visita. Nossa casa não é grande e nosso teto não é alto, mas terá uma refeição frugal. No entanto, se estiver em nosso casebre, ele será um palácio para nós. E se partilhar pão conosco, em sua presença nós seremos invejados pelos príncipes da Terra.
Ele respondeu:
– Sim, serei seu hóspede esta noite.
Meu coração se encheu de alegria. E caminhamos atrás Dele em silêncio até chegarmos em casa.
Antes de entrarmos em casa, Jesus disse:
– Paz a esta casa e àqueles que vivem nela.
Então Ele entrou e nós O seguimos.
Minha esposa, minha sogra e minha filha ficaram diante Dele e O veneraram; elas se ajoelharam diante Dele e beijaram a barra de Sua manga.

Ficaram surpresas que Ele, o eleito e amado, fosse nosso hóspede; pois elas já O tinham visto no rio Jordão onde João Batista O batizara diante do povo.

Imediatamente minha esposa e minha sogra começaram a preparar a ceia.

Meu irmão André era um homem tímido, mas sua fé em Jesus era mais profunda que a minha.

E minha filha, que tinha então apenas 12 anos, postou-se diante Dele e segurou Seu manto como se temesse que Ele nos deixasse e saísse para a noite. Ela se pendeu Nele como uma ovelha perdida que encontrou seu pastor.

Então, sentamo-nos à mesa, e Ele partiu o pão e serviu o vinho; e Ele se virou para nós, dizendo:

– Meus amigos, me deem a honra de compartilhar desta comida, assim como o Pai nos honrou ao dá-la para nós.

Ele disse essas palavras antes de tocar na comida, pois desejava seguir um antigo costume em que o hóspede honrado se torna o anfitrião.

E enquanto estávamos sentados com Ele ao redor da mesa nos sentimos como se estivéssemos no banquete do grande rei.

Minha filha Petronela, que era jovem e inexperiente, olhou para o Seu rosto e seguiu o movimento de Suas mãos. E vi um véu de lágrimas em seus olhos.

Quando Ele deixou a mesa, nós O seguimos e nos sentamos com Ele sob a parreira.

Ele falou conosco e nós ouvimos, e nosso coração esvoaçou dentro de nós como pássaro.

Ele falou sobre o segundo nascimento do homem e sobre a abertura dos portões do paraíso; e sobre anjos descendo e trazendo paz e alegria a todos os homens, e de anjos ascendendo ao trono e levando os anseios dos homens ao Senhor Deus.

Então Ele olhou nos meus olhos e examinou as profundezas do meu coração. E disse:

– Escolhi você e seu irmão, e vocês precisam vir comigo. Vocês trabalharam e ficaram sobrecarregados. Agora lhes darei descanso. Peguem o meu jugo e aprendam comigo, pois em meu coração há paz, e a alma de vocês encontrará abundância e refúgio.

Quando Ele disse isso, eu e meu irmão nos colocamos diante Dele, e eu respondi:

– Mestre, nós O seguiremos até os confins da Terra. E se nosso fardo for pesado como uma montanha, nós o suportaremos com prazer. E se cairmos durante o percurso, saberemos que caímos a caminho do paraíso e ficaremos satisfeitos.

E meu irmão André falou:

– Mestre, seremos fios entre as Suas mãos e o tear. Transforme-nos em tecido se quiser, pois estaremos na vestimenta do Altíssimo.

E minha esposa ergueu o rosto, e havia lágrimas em sua face e ela falava com alegria:

– Abençoado seja Você, que vem em nome do Senhor. Abençoado seja o ventre que O carregou e o seio que lhe deu leite.

E minha filha, que tinha apenas 12 anos, sentou aos Seus pés e se aninhou perto Dele.

E minha sogra, que estava sentada na soleira, não disse nada. Apenas chorou em silêncio, e seu xale ficou úmido com as lágrimas.

Então Jesus caminhou até ela, aproximou o rosto dela do Dele e lhe disse:

– Você é a mãe de todos eles. Você chora de alegria, e eu guardarei suas lágrimas em minha memória.

E agora a velha Lua se elevou sobre o horizonte. E Jesus olhou para ela por um instante e se virou para nós:

– Está tarde. Vão para a cama e que Deus visite o repouso de todos. Ficarei aqui neste pomar até a aurora. Joguei a minha rede hoje e capturei dois homens; estou satisfeito, e agora lhes desejo boa noite.

Então, minha sogra falou:

– Mas preparamos o seu leito em casa, peço que entre e descanse.

E Ele respondeu:

– Eu vou realmente descansar, mas não sob um teto. Permitam que eu passe a noite sob o dossel das parreiras e das estrelas.

E ela se apressou em trazer o colchão, os travesseiros e as cobertas. Ele sorriu para ela e disse:

– Vejam, vou dormir em um leito preparado duas vezes.

Então O deixamos e entramos na casa, e minha filha foi a última a entrar. Seus olhos se fixaram Nele até eu fechar a porta.

Assim conheci meu Senhor e Mestre pela primeira vez.

E embora tenha sido há muitos anos, sinto como se fosse hoje.

Caifás

O Sumo Sacerdote

Ao falar desse homem Jesus e de Sua morte, vamos considerar dois fatos importantes: a Torá precisa ser mantida em segurança por nós e este reino precisa ser protegido por Roma.

Esse homem desafiava a nós e a Roma. Ele envenenou a mente das pessoas simples e as liderou contra nós e contra César como se fosse por mágica.

Meus próprios escravos, homens e mulheres, após ouvi-Lo discursar na praça, tornaram-se rabugentos e rebeldes. Alguns deixaram minha casa e escaparam para o deserto de onde haviam vindo.

Não se esqueça de que a Torá é nosso alicerce e nossa torre de força. Ninguém nos destruirá enquanto tivermos esse poder de deter sua mão, e ninguém derrubará Jerusalém enquanto suas muralhas estiverem de pé sobre as pedras antigas que Davi colocou.

Se a semente de Abraão deve realmente viver e prosperar, este solo deve permanecer imaculado.

E esse homem, Jesus, era um profanador e um corruptor. Nós O matamos deliberadamente e com a consciência limpa. E mataremos todos os que desrespeitarem a lei de Moisés ou tentarem profanar nossa herança sagrada.

Nós e Pôncio Pilatos reconhecemos o perigo daquele homem e que era prudente dar um fim Nele.

Vou garantir que Seus seguidores tenham o mesmo fim, e o eco de Suas palavras, o mesmo silêncio.

Para a Judeia viver, todos os que se opõem a ela devem ser derrubados. E antes que a Judeia morra, cobrirei minha cabeça grisalha com cinzas; assim como fez Samuel, o profeta, rasgarei essa vestimenta de Aarão e me vestirei com sacos de estopa até que eu parta para sempre.

Joana, a mulher do camareiro de Herodes

Sobre as crianças

Jesus nunca se casou, mas Ele era amigo das mulheres e as conhecia como elas devem ser conhecidas, em doce companheirismo.

E Ele amava as crianças como elas devem ser amadas, com fé e compreensão.

À luz de Seus olhos havia um pai, um irmão e um filho.

Ele segurava uma criança no colo e dizia:

— Delas vêm o poder e a liberdade; e delas é o reino espiritual.

Dizem que Jesus não obedecia às leis de Moisés e que era tolerante demais com as prostitutas de Jerusalém e do campo.

Naquela época eu mesma era considerada uma prostituta, pois amava um homem que não era meu marido, e ele era um saduceu.

E certo dia os saduceus vieram à minha casa quando meu amante estava comigo e me agarraram e me prenderam, e meu amante foi embora e me abandonou.

Então me levaram à praça onde Jesus estava pregando. Queriam me apresentar a Ele como um teste e uma armadilha.

Mas Jesus não me julgou. Ele envergonhou aqueles que queriam me envergonhar e os reprovou.

E me mandou seguir meu caminho.

Depois disso, todos os frutos sem gosto da vida se tornaram doces em minha boca, e as flores inodoras enchiam minhas narinas de fragrância. Tornei-me uma mulher sem a memória maculada, fiquei livre e nunca mais curvei a cabeça.

Rafca

A noiva de Caná

Isso aconteceu antes de Ele ser conhecido pelo povo.

Eu estava no jardim da minha mãe cuidando das roseiras quando Ele parou diante do portão.

E Ele disse:
— Estou com sede. Poderia me dar um pouco de água do poço?

Corri e trouxe a taça de prata, enchendo-a de água; e despejei algumas gotas de essência de jasmim.

Ele bebeu tudo e ficou satisfeito.

Então olhou nos meus olhos e disse:
— Que minha bênção esteja com você.

Quando Ele disse isso, senti como se houvesse uma rajada de vento percorrendo o meu corpo. Não me sentia mais tímida; e respondi:
— Senhor, estou noiva de um homem de Caná, na Galileia. E vou me casar no quarto dia da semana que vem. Gostaria de vir ao meu casamento para honrá-lo com a sua presença?

E Ele respondeu:
– Eu irei, minha filha.
Imaginem só, Ele disse "minha filha", embora fosse apenas um jovem, enquanto eu tinha quase 20 anos.
Então Ele seguiu pela estrada.
E eu fiquei no portão de nosso jardim até minha mãe me chamar para entrar em casa.
No quarto dia da semana seguinte fui levada à casa de meu noivo e dada em casamento.
E Jesus veio, e com Ele vieram Sua Mãe e Seu irmão Tiago.
E eles se sentaram ao redor da mesa de casamento com nossos convidados enquanto minhas damas de honra cantavam as canções de casamento do rei Salomão. E Jesus comeu nossa comida, e bebeu nosso vinho, e sorriu para mim e para os outros.
Ele prestou atenção em todas as canções sobre o amante levando sua amada para a tenda; e sobre o jovem guarda do vinhedo que amava a filha do senhor do vinhedo e a levou para a casa de sua mãe; e sobre o príncipe que conheceu a donzela mendiga, levou-a ao seu reino e a coroou com a coroa de seus pais.
E parecia que Ele também ouvia outras canções, as quais não conseguíamos ouvir.
Ao pôr do sol, o pai de meu noivo foi até a mãe de Jesus e sussurrou:
– Não temos mais vinho para nossos convidados. E o dia ainda não terminou.
E Jesus ouviu a conversa e disse:
– O copeiro sabe que ainda tem vinho.
E assim ocorreu – e enquanto os convidados permaneceram houve bom vinho para todos os que queriam beber.

Então Jesus começou a falar conosco. Ele falou das maravilhas da Terra e do Céu; de flores celestes, que florescem quando a noite cai sobre a Terra, e de flores terrestres, que florescem quando o dia oculta as estrelas.

E Ele nos contou histórias e parábolas, e Sua voz nos encantou tanto que olhávamos para Ele como se tivéssemos visões, e nos esquecemos da taça e do prato.

E enquanto eu O ouvia parecia que estava em uma terra distante e desconhecida.

Após um tempo, um dos convidados disse ao pai de meu noivo:

– Você deixou o melhor vinho para o fim da festa. Outros anfitriões não fazem isso.

E todos acreditaram que Jesus havia feito um milagre para termos mais e melhor vinho no fim da festa de casamento do que no começo.

Eu também achava que Jesus havia vertido o vinho, mas não me surpreendi; pois já ouvira milagres em Sua voz.

E desde então Sua voz permaneceu próxima ao meu coração, até eu ter meu primeiro filho.

E mesmo agora, em nossa vila e nas vilas vizinhas, a palavra de nosso convidado ainda é lembrada. E eles dizem:

– O espírito de Jesus de Nazaré é o melhor e mais antigo vinho.

Um filósofo persa em Damasco

SOBRE DEUSES ANTIGOS E NOVOS

Não sei dizer qual é o destino desse homem, nem o que acontecerá com Seus discípulos.

Uma semente oculta no centro da maçã é um pomar invisível. Mas se essa semente cair sobre a rocha, não dará em nada.

Mas digo isto: o antigo Deus de Israel é duro e implacável. Israel deveria ter outro Deus; um que fosse gentil e clemente, que olhasse para o povo com piedade; que descesse com os raios do Sol e andasse pelo caminho de suas limitações, em vez de ficar sempre sentado no trono do julgamento para pesar suas falhas e medir seus erros.

Israel deveria trazer um Deus cujo coração não fosse ciumento e cuja memória de suas deficiências fosse curta; um cuja vingança não caísse sobre eles até a terceira e quarta gerações.

O homem daqui da Síria é igual ao homem de qualquer outro lugar. Ele olha para o espelho do próprio conhecimento e ali encontra sua divindade. Ele molda os deuses de acordo com seu gosto e venera aquele que reflete sua própria imagem.

Na verdade, o homem ora ao seu anseio mais profundo, para que ele se erga e realize todos os seus desejos.

Não há profundidade além da alma do homem, e a alma é a profundeza que chama a si mesma; pois não há outra voz com a qual falar e não há outros ouvidos para ouvir.

Mesmo nós, na Pérsia, vemos nosso rosto no disco do Sol e nosso corpo dançando no fogo que acendemos nos altares.

Agora, o Deus de Jesus, aquele que Ele chama de Pai, não seria um estranho para o povo de Jesus e satisfaria seus desejos.

Os deuses do Egito descartaram seu fardo de pedras e fugiram para o deserto da Núbia, para serem livres entre aqueles ainda livres do conhecimento.

Os deuses dos gregos e romanos estão desaparecendo em seu próprio poente. Eram parecidos demais com os homens para viverem no êxtase dos homens. Os bosques onde sua magia surgiu foram derrubados pelos machados dos atenienses e dos alexandrinos.

E também nesta Terra, os locais elevados são rebaixados pelos advogados de Beirute e pelos jovens eremitas de Antioquia.

Apenas as mulheres idosas e os homens cansados buscam os templos de seus antepassados; apenas os exaustos no fim da estrada buscam seu início.

Mas esse homem, Jesus, o Nazareno, falou de um Deus vasto demais para ser diferente da alma de qualquer um, sábio demais para punir, amoroso demais para se lembrar dos pecados de Suas criaturas. E esse Deus do Nazareno atravessará o limiar dos filhos da Terra e se acomodará em seu lar, Ele será uma bênção entre suas paredes e uma luz sobre seu caminho.

 Mas o meu Deus é o Deus do Zoroastro, o Deus que é o sol no Céu, e o fogo sobre a Terra, e a luz no coração das pessoas. E estou satisfeito. Não preciso de nenhum outro Deus.

Davi, um de seus seguidores

Jesus, o prático

Não entendi o significado de Seus discursos ou de Suas parábolas até Ele não estar mais entre nós. Não, não entendi até Suas palavras tomarem vida diante dos meus olhos e se transformarem em corpos que caminham na procissão de meu próprio dia.

Deixe-me dizer o seguinte: certa noite eu estava em casa pensando e me lembrando de Suas palavras e de Suas obras para transformar em um livro, quando três ladrões entraram em casa. E embora eu soubesse que eles vieram para roubar meus pertences, estava concentrado demais no que estava fazendo para enfrentá-los com a espada ou mesmo para dizer "O que estão fazendo aqui?".

Assim, continuei escrevendo as lembranças do Mestre.

E quando os ladrões partiram, lembrei-me de Suas palavras: "Se alguém rouba seu manto, deixe que também roube seu outro manto".

E compreendi.

E enquanto estava sentado registrando Suas palavras, ninguém poderia ter me detido mesmo que levasse todos os meus pertences.

Pois embora eu proteja meus pertences e também a mim mesmo, sei que lá se encontra meu maior tesouro.

Lucas

SOBRE OS HIPÓCRITAS

Jesus desprezava e desdenhava dos hipócritas, e Sua ira era como uma tempestade que os açoitava. Sua voz era um trovão nos ouvidos deles e Ele os intimidava.

Com medo Dele, eles desejavam Sua morte; e como toupeiras na terra escura, trabalhavam para minar Seus passos. Mas Ele não caiu nas armadilhas.

Ele ria deles, pois sabia que o espírito não será ridicularizado nem levado a uma armadilha.

Ele segurava um espelho na mão e dali via o preguiçoso e o manco, e aqueles que cambaleiam e caem na beira da estrada a caminho do cume.

E tinha piedade de todos. Ele até os ergueria à Sua altura e carregaria o fardo deles. Sim, Ele permitiria que a fraqueza deles se apoiasse em Sua força.

Ele não condenava completamente o mentiroso, o ladrão ou o assassino, mas condenava completamente o hipócrita cujo rosto era mascarado e cuja mão era enluvada.

Muitas vezes reflito sobre o coração que abriga todos os que vêm das terras desertas ao Seu santuário, mas que se fecha e sela contra o hipócrita.

Certo dia, enquanto descansávamos com Ele no Jardim das Romãs, eu disse a Ele:

— Mestre, o Senhor perdoa e consola o pecador e todos os fracos e enfermos, com exceção apenas do hipócrita.

E Ele respondeu:

— Você escolheu bem as palavras ao chamar os pecadores de fracos e enfermos. Perdoo neles a fraqueza do corpo e a enfermidade do espírito, pois suas falhas foram herdadas de seus antepassados ou da ganância de seus vizinhos.

"Mas não tolero o hipócrita, porque ele mesmo põe um jugo sobre os ingênuos e submissos.

"Os fracos, que você chama de pecadores, são como os filhotes sem penas que caem do ninho. O hipócrita é o abutre que aguarda sobre uma rocha a morte de sua presa.

"Os fracos são homens perdidos no deserto. Mas o hipócrita não está perdido. Ele conhece o caminho, mas ri entre a areia e o vento.

"Por tudo isso eu não o recebo."

Assim falou nosso Mestre, e eu não entendi. Mas agora entendo.

Então os hipócritas da Terra colocaram as mãos Nele e O julgaram; e ao fazer isso consideraram-se justificados. Pois eles citaram a lei de Moisés no Sinédrio como testemunha e evidência contra Ele.

E aqueles que quebraram a lei ao nascer de cada dia e voltaram a quebrar ao anoitecer, condenaram-No à morte.

Mateus

O SERMÃO DA MONTANHA

Em um dia de colheita, Jesus convocou a nós e a outros amigos até as colinas. A terra estava perfumada e, como a filha de um rei em sua festa de casamento, ela usava todas as suas joias. E o céu era seu noivo.

Quando atingimos as alturas, Jesus parou em um bosque de loureiros e disse:

— Descansem aqui, acalmem a mente e afinem o coração, pois tenho muito a lhes dizer.

Então, deitamos sobre a grama, as flores de verão nos rodeavam, e Jesus sentou no meio de nós.

E Jesus disse:

— Bem-aventurados os serenos de espírito.

"Bem-aventurados os que não se prendem às posses, pois eles serão livres.

"Bem-aventurados os que se lembram da dor e, na dor, aguardam a alegria.

"Bem-aventurados os famintos pela verdade e pela beleza, pois sua fome lhes trará pão e sua sede, água fresca.

"Bem-aventurados os bondosos, pois eles serão consolados por sua própria bondade.

"Bem-aventurados os puros de coração, pois eles serão um com Deus.

"Bem-aventurados os misericordiosos, pois receberão misericórdia em seu quinhão.

"Bem-aventurados os pacificadores, pois seu espírito habitará acima da batalha, e eles transformarão o campo de batalha em um jardim.

"Bem-aventurados os que são caçados, pois eles terão pés ágeis e asas.

"Alegrem-se e regozijem-se, pois vocês encontraram o reino dos céus dentro de vocês. Os antigos cantores foram perseguidos ao cantar sobre esse reino. Vocês também serão perseguidos, e aí reside sua honra, sua recompensa.

"Vocês são o sal da Terra; se o sal perder seu sabor, com o que salgar o alimento do coração humano?

"Vocês são a luz do mundo. Não ocultem essa luz sob um cesto. Deixem-na brilhar do alto, para aqueles que buscam a Cidade de Deus.

"Não pensem que vim para destruir as leis dos escribas e dos fariseus; pois meus dias entre vocês estão contados e minhas palavras também, e tenho apenas horas para proclamar outra lei e revelar uma nova aliança.

"Disseram-lhes que vocês não devem matar, mas eu lhes digo, não devem se zangar sem motivo.

"Os anciões lhes mandaram trazer o bezerro, o cordeiro e a pomba ao templo e matá-los sobre o altar, para que as narinas de Deus se alimentem do odor da gordura e para que sejam perdoados por suas falhas.

"Mas digo a vocês, por que dar a Deus aquilo que já era Dele desde o início? E por que apaziguar aquele cujo trono está acima da profundeza silenciosa e cujos braços envolvem o espaço?

"Em vez disso, busque seu irmão e se reconcilie com ele antes de ir ao templo; e seja um doador amoroso para seu vizinho. Pois na alma deles Deus construiu um templo que não será destruído, e no coração deles Ele ergueu um altar que nunca perecerá.

"Disseram-lhes, olho por olho e dente por dente. Mas eu lhes digo: não resistam ao mal, pois a resistência é alimento para o mal e o fortalece. E apenas o fraco se vinga. O de alma forte perdoa, e é honroso para o injuriado perdoar.

"Apenas a árvore que dá frutos é sacudida ou apedrejada em busca de alimento.

"Não se preocupe demais com o amanhã, olhe para o hoje, pois ter o suficiente para hoje é o milagre disso.

"Não pensem demais em si ao doar, mas pensem na necessidade. Pois cada doador recebe do Pai, com muito mais abundância.

"E doe a cada um de acordo com a necessidade; pois o Pai não dá sal ao sedento, nem uma pedra ao faminto, nem leite ao desmamado.

"E não dê o que é sagrado aos cães; nem jogue pérolas aos porcos. Pois com tais presentes vocês zombam deles; e eles também zombam de seu presente e, em seu ódio, o destruirão de bom grado.

"Não acumulem tesouros que corrompem ou que ladrões possam roubar. Prefiram acumular tesouros que não podem corromper ou ser roubados e cuja beleza aumenta quando muitos olhos os veem. Pois onde estiver seu tesouro, também estará seu coração.

"Disseram-lhe que o assassino deve ser morto pela espada, que o ladrão deve ser crucificado e a prostituta apedrejada.

Mas lhes digo que não estão livres de cometer os delitos do assassino, do ladrão e da prostituta, e quando eles são punidos no corpo, seu próprio espírito se escurece.

"Na verdade, nenhum crime é cometido por um homem ou uma mulher. Todos os crimes são cometidos por todos. E aquele que cumpre a pena talvez esteja quebrando um elo na corrente que pende dos próprios tornozelos de vocês. Talvez ele esteja pagando com a dor dele o preço de sua felicidade passageira."

Assim falou Jesus, e meu desejo era ajoelhar-me e adorá-Lo, mas em minha timidez eu não conseguia me mover nem falar uma única palavra.

Mas finalmente falei:

– Eu rezaria neste momento, mas minha língua está pesada. Ensine-me a rezar.

E Jesus disse:

– Quando rezar, deixe seus anseios pronunciarem as palavras. Meu anseio agora reza assim:

"Pai nosso que estás na Terra e no Céu, santificado seja o Teu nome.

Que seja feita a Tua vontade conosco e no espaço.

Dai-nos de Teu pão o suficiente para o dia.

Em Tua compaixão, perdoai-nos e aumentai-nos para que perdoemos uns aos outros.

Guia-nos para Ti e estendei Tua mão para nós na escuridão.

Pois Teu é o reino e em Ti estão o nosso poder e a nossa realização."

E então já era noite, e Jesus desceu das colinas e todos nós O seguimos. Enquanto eu O seguia, repetia Sua oração e me lembrava de tudo o que Ele dissera; pois sabia que as palavras que haviam caído como flocos naquele dia deveriam se estabelecer e se firmar como cristais, e que as asas que esvoaçaram sobre nossa cabeça açoitariam a Terra como cascos de ferro.

João, o filho de Zebedeu

Sobre os vários nomes de Jesus

Você observou que alguns de nós chamamos Jesus de "Cristo", alguns de "a Palavra", outros de "Nazareno" e ainda outros de "o Filho do Homem".

Tentarei esclarecer esses nomes à luz do que me foi dado.

Cristo, Ele que esteve no princípio dos dias, é a chama de Deus que habita o espírito do homem. É o sopro da vida que nos visita e assume um corpo como o nosso.

Ele é a vontade do Senhor.

É a primeira Palavra, que fala com a nossa voz e vive em nosso ouvido para que prestemos atenção e entendamos.

E a Palavra do Senhor nosso Deus construiu uma casa de carne e ossos, e era um homem como você e eu.

Pois não conseguíamos ouvir a canção do vento incorpóreo nem ver nosso eu maior caminhando pela névoa.

Muitas vezes o Cristo veio ao mundo e por muitas terras Ele caminhou. Sempre foi considerado um estranho e um louco.

Mas o som de Sua voz nunca caiu no vazio, pois a memória dos homens conserva aquilo que sua mente não se preocupa em guardar.

Esse é o Cristo, o interior e o elevado, que caminha com os homens na direção da eternidade.

Não ouviu falar Dele nos cruzamentos da Índia? E na terra dos magos ou sobre as areias do Egito?

E aqui no País do Norte seus antigos bardos cantaram sobre Prometeu, portador do fogo, que era o desejo dos homens realizado, a esperança engaiolada liberta; e Orfeu, que veio com a voz e a lira para estimular o espírito de feras e homens.

E não ouviu falar de Mitra, o rei, e de Zoroastro, o profeta dos persas, que despertaram de um antigo sono do homem e permaneceram no leito de nossos sonhos?

Nós mesmos nos tornamos homens ungidos quando encontramos o Templo Invisível, uma vez a cada mil anos. Então surge um encarnado e com Sua chegada nosso silêncio se transforma em canto.

No entanto, nossos ouvidos nem sempre escutam e nossos olhos nem sempre enxergam.

Jesus, o Nazareno, nasceu e cresceu como nós; Sua mãe e Seu pai eram como os nossos, e Ele era um homem.

Mas o Cristo, a Palavra, que existia no início, o Espírito que nos faz viver uma vida mais plena, entrou em Jesus e ficou com Ele.

E o Espírito era a mão hábil do Senhor, e Jesus era a harpa.

O Espírito era o salmo, e Jesus era a melodia do salmo.

E Jesus, o Homem de Nazaré, era o hospedeiro e o porta-voz de Cristo, que caminhava conosco sob o sol e nos chamava de amigos.

Naqueles dias as colinas e vales da Galileia ouviam apenas a Sua voz. E eu era jovem na época e trilhava Seu caminho e seguia Suas pegadas.

Eu seguia Suas pegadas e trilhava Seu caminho para ouvir as palavras do Cristo dos lábios de Jesus da Galileia.

Agora você saberá por que alguns de nós O chamam de Filho do Homem.

Ele mesmo desejava ser chamado por esse nome, pois Ele conhecia a fome e a sede do homem e observava o homem em busca de Seu eu maior.

O Filho do Homem era Cristo, o misericordioso, que sempre estará com todos nós.

Ele era Jesus, o Nazareno, que queria levar todos os Seus irmãos ao Ungido e à Palavra que existia desde o princípio com Deus.

Em meu coração habita Jesus da Galileia, o Homem acima dos homens, o Poeta que nos torna poetas, o Espírito que bate à nossa porta para que despertemos, nos levantemos e caminhemos para encontrar a verdade nua e livre.

Um jovem sacerdote de Cafarnaum

Sobre Jesus, o mágico

Ele era um mágico, que distorcia e blefava, e um feiticeiro, um homem que confundia os simplórios com feitiços e encantamentos. E Ele brincava com as palavras de nossos profetas e as santidades de nossos patriarcas.

Sim, Ele até convocou os mortos para serem Suas testemunhas e os túmulos silenciosos, Seus precursores e Sua autoridade.

Ele buscava as mulheres de Jerusalém e do campo com a astúcia da aranha que busca a mosca; e elas ficavam presas em Sua teia.

As mulheres são fracas e de cabeça vazia e seguem o homem, que conforta sua paixão insatisfeita com palavras suaves e doces. Se não fosse por essas mulheres, instáveis e possuídas por

Seu espírito maligno, Seu nome teria sido apagado da memória dos homens.

E quem eram os homens que O seguiam? Eram da horda subjugada e pisoteada. Em sua ignorância e medo, eles nunca teriam se rebelado contra seus legítimos senhores. Mas quando Ele lhes prometeu altas posições em Seu reino ilusório, eles se renderam à Sua fantasia como o barro se rende ao oleiro.

Não sabe que o escravo, em seus sonhos, sempre será o senhor; e que o fraco será um leão?

O galileu era um prestidigitador e enganador, um homem que perdoou os pecados de todos os pecadores para que pudesse escutar "viva" e "hosana" de suas bocas impuras; e que alimentou o coração fraco dos desesperançados e desgraçados para que tivessem ouvidos para Sua voz e um séquito sob Seu comando.

Ele desrespeitou o Sabbath junto com os que O desrespeitam para conseguir o apoio dos sem lei; e falou mal de nossos sumos sacerdotes para chamar atenção no Sinédrio e aumentar sua fama com a oposição.

Já disse muitas vezes que eu odiava esse homem. Sim, eu O odeio mais do que odeio os romanos que governam nosso país. Até o Seu local de origem, Nazaré, é uma cidade amaldiçoada pelos nossos profetas, um monturo de gentios, de onde nada de bom há de vir.

Um levita rico das redondezas de Nazaré

Jesus, o bom carpinteiro

Ele era um bom carpinteiro. As portas feitas por Ele nunca eram arrombadas por ladrões, e as janelas que fazia estavam sempre prontas para se abrir para o vento leste e oeste.

Ele confeccionou baús de cedro lustrosos e duradouros, e arados, e forcados resistentes e bons de manusear.

E entalhou púlpitos para nossas sinagogas. Ele os fez de amoreira-dourada; e nos dois lados do apoio, onde fica o livro sagrado, Ele esculpiu asas abertas; e, sob o suporte, cabeças de touros e pombas e um cervo de olhos grandes.

Tudo isso Ele fazia à maneira dos caldeus e dos gregos. Mas havia algo em Sua habilidade que não era nem de caldeu nem de grego.

Esta minha casa foi construída por muitas mãos há trinta anos. Procurei construtores e carpinteiros em todas as cidades da Galileia. Todos eram habilidosos e dominavam a arte de construir, e fiquei contente e satisfeito com tudo o que fizeram.

Mas venha e veja as duas portas e a janela feitas por Jesus de Nazaré. Com sua estabilidade, elas zombam de todo o resto desta casa.

Não vê que essas duas portas são diferentes de todas as outras portas? E essa janela aberta para o leste não é diferente das outras janelas?

Todas as minhas portas e janelas se renderam ao tempo, com exceção destas que Ele fez. Apenas elas permanecem firmes contra os elementos.

E veja essas vigas, como Ele as posicionou; e esses pregos, como partem de um lado da madeira e são presos firmemente do outro lado.

E o estranho é que o trabalhador que valia o salário de dois homens recebeu o de apenas um; e que esse mesmo trabalhador agora é considerado um profeta em Israel.

Se eu soubesse então que aquele jovem com serrote e plaina era um profeta, teria implorado que falasse em vez de trabalhar e então teria pagado muito bem por Suas palavras.

Agora ainda tenho muitos homens trabalhando em casa e nos campos. Como posso diferenciar o homem cuja própria mão está na ferramenta do homem sobre cuja mão Deus coloca Sua mão?

Sim, como posso reconhecer a mão de Deus?

Um pastor no sul do Líbano

Uma parábola

Foi no fim do verão que Ele e três outros homens caminharam pela primeira vez naquela estrada. Era noite, e Ele parou e ficou lá no fim do pasto.

Eu estava tocando flauta, e meu rebanho pastava ao meu redor. Quando Ele parou, eu me levantei, fui até lá e fiquei diante Dele.

Ele me perguntou:

– Onde fica o túmulo de Elias? Não fica perto daqui?

E eu respondi:

– Fica ali, Senhor, embaixo do grande monte de pedras. Até hoje, todos que passam por aqui trazem uma pedra e a colocam sobre a pilha.

Ele me agradeceu e se afastou, e seus amigos O seguiram.

Três dias depois, Ganaliel, que também era pastor, me disse que o homem que tinha passado era um profeta na Judeia; mas não acreditei nele. Mesmo assim, pensei naquele homem por muitas luas.

Quando chegou a primavera, Jesus passou mais uma vez por este pasto e desta vez Ele estava sozinho.

Eu não estava tocando flauta naquele dia, pois tinha perdido uma ovelha e estava desolado, com o coração abatido dentro de mim.

Caminhei até Ele e fiquei diante Dele, pois desejava ser confortado.

E Ele olhou para mim e disse:
– Você não estava tocando flauta hoje. De onde vem a dor em seus olhos?

E respondi:
– Uma ovelha do meu rebanho se perdeu. Procurei por toda parte, mas não a encontrei. E não sei o que fazer.

Ele ficou em silêncio por um tempo. Então sorriu para mim e disse:
– Espere aqui enquanto procuro sua ovelha.

E ele se afastou e desapareceu entre as colinas.

Após uma hora Ele voltou, e minha ovelha estava ao Seu lado. E enquanto Ele estava diante de mim, a ovelha olhava para o rosto Dele como eu olhava. Então eu a abracei com alegria.

E Ele colocou Sua mão sobre meu ombro e disse:
– A partir de hoje, você deve amar esta ovelha mais do que qualquer outra do rebanho, pois ela estava perdida e agora foi encontrada.

E, mais uma vez, abracei minha ovelha com alegria, e ela se aproximou de mim, e eu fiquei em silêncio.

Mas quando ergui a cabeça para agradecer a Jesus, Ele já estava se afastando, e não tive coragem de segui-Lo.

João Batista

CONVERSA NA PRISÃO COM SEUS DISCÍPULOS

Não ficarei calado neste buraco imundo enquanto a voz de Jesus é ouvida no campo de batalha. Não ficarei detido nem confinado enquanto Ele estiver livre.

Dizem-me que as víboras estão se enroscando ao redor de Seu quadril, mas respondo: as víboras despertarão Sua força e Ele as esmagará com o calcanhar.

Sou apenas o trovão do Seu relâmpago. Embora eu tenha falado primeiro, a palavra e o propósito eram Dele.

Pegaram-me desprevenido. Talvez coloquem as mãos Nele também. Mas não antes de Ele transmitir a Sua mensagem completa. E Ele os derrotará.

Sua carruagem passará sobre eles, e os cascos de Seus cavalos os esmagarão, e Ele sairá triunfante.

Eles avançarão com lança e espada, mas Ele os enfrentará com o poder do Espírito.

Seu sangue correrá sobre a terra, mas eles conhecerão as feridas e a dor e serão batizados pelas próprias lágrimas até serem purificados de seus pecados.

Suas legiões marcharão em direção às Suas cidades com aríetes de ferro, mas no meio do caminho se afogarão no rio Jordão.

E Suas muralhas e torres se erguerão ainda mais, e os escudos de Seus guerreiros brilharão ainda mais ao sol.

Dizem que sou Seu aliado e que nosso objetivo é incentivar o povo a se insurgir e se revoltar contra o reino da Judeia.

Respondo, e gostaria de ter chamas no lugar de palavras: se consideram esse poço de iniquidade um reino, que ele seja destruído e deixe de existir. Deixem que ele desapareça como Sodoma e Gomorra, e que essa raça seja esquecida por Deus, e que a terra se transforme em cinzas.

Sim, atrás dos muros desta prisão sou de fato aliado de Jesus de Nazaré, e Ele deverá liderar meus exércitos, a cavalo e a pé. E eu, embora seja capitão, não sou digno de desatar as correias de Suas sandálias.

Vá a Ele e repita minhas palavras, então em meu nome peça-Lhe consolo e bênção.

Não ficarei aqui por muito tempo. À noite, entre um despertar e outro, sinto pés lentos andando sobre esse corpo com passos calculados. E quando paro para escutar, ouço a chuva caindo sobre o meu túmulo.

Vá a Jesus e diga que João de Kedron, cuja alma se preencheu com sombras e voltou a se esvaziar, reza por Ele, enquanto o coveiro está por perto, e o carrasco estende a mão para receber seu pagamento.

José de Arimateia

Sobre os principais objetivos de Jesus

Você deseja saber qual é o principal objetivo de Jesus, e eu contarei de bom grado. Mas ninguém consegue tocar com os dedos a vida do vinho abençoado, nem ver a seiva que alimenta os galhos.

E embora eu tenha comido as uvas e experimentado a nova safra do lagar, não posso dizer tudo.

Posso apenas relatar o que sei sobre Ele.

Nosso Mestre e nosso Amado viveu apenas três estações de profeta. Foram a primavera de Sua canção, o verão de Seu êxtase e o outono de Sua paixão; e cada estação durou mil anos.

A primavera de Sua canção se passou na Galileia. Foi ali que Ele reuniu Seus amados em torno de Si, e foi nas margens do lago azul que Ele falou pela primeira vez sobre o Pai e sobre nossa redenção e liberdade.

Junto ao lago da Galileia nos perdemos para encontrarmos o caminho até o Pai; e oh, foi uma perda pequena que resultou em grande ganho.

Foi ali que os anjos cantaram em nossos ouvidos e nos convidaram a deixar a terra árida e ir ao jardim do desejo do coração.

Ele falou sobre campos e pastos verdes; sobre os montes do Líbano onde os lírios brancos não se preocupam com as caravanas passando pela poeira do vale.

Falou da sarça selvagem que sorri sob o sol e libera seu incenso à brisa que passa.

E Ele dizia:

— Os lírios e a sarça vivem apenas um dia, no entanto, esse dia é a eternidade vivida em liberdade.

E, certa noite, quando estávamos sentados ao lado do riacho, Ele disse:

— Olhem para o riacho e ouçam sua música. Ele sempre buscará o mar, e embora esteja sempre nessa busca, ele canta seu mistério de meio-dia a meio-dia.

"Vocês devem buscar o Pai como o riacho busca o mar."

Depois veio o verão de Seu êxtase, e o junho de Seu amor estava sobre nós. Ele não falou então sobre nada além do outro homem — o vizinho, o companheiro de estrada, o forasteiro e nossos amigos de infância.

Ele falou do viajante em sua jornada do leste ao Egito, do lavrador voltando para casa com o gado ao entardecer, do hóspede inesperado conduzido pela escuridão à nossa porta.

E Ele dizia:

— Seu vizinho é seu eu desconhecido tornado visível. O rosto dele se refletirá em sua água tranquila e, se você olhar para lá, contemplará seu próprio rosto.

"Se ouvir a noite, você o escutará falar, e suas palavras serão o palpitar de seu próprio coração.

"Seja para ele o que você deseja que ele seja para você.

"Essa é a minha lei, e a direi a vocês, e vocês aos seus filhos, e eles aos filhos deles até o tempo se acabar, e as gerações não mais existirem."

E no outro dia Ele disse:

– Não devem viver sozinhos. Vocês estão nas ações dos outros homens e eles, embora não saibam, estão sempre com vocês.

"Eles não cometerão um crime sem que sua mão esteja com a deles.

"Eles não cairão sem que você também não caia; e não se erguerão sem que você também não se levante.

"O caminho deles para o santuário é o mesmo que o seu, e quando eles buscam a terra árida, você os acompanha.

"Você e seu vizinho são duas sementes plantadas no solo. Crescem juntos e serão levados pelo vento. E nenhum de vocês pode reivindicar o campo. Pois uma semente em crescimento não reivindica nem mesmo seu próprio êxtase.

"Hoje estou com vocês. Amanhã vou para o oeste; mas, antes de ir, digo a vocês que seu vizinho é seu eu desconhecido tornado visível. Busque-o com amor que conhecerá a si mesmo, pois apenas com esse conhecimento vocês poderão se tornar irmãos."

Então veio o outono de Sua paixão.

E Ele nos contou sobre a liberdade, como havia falado na Galileia na primavera de Sua canção; mas agora Suas palavras buscavam nossa compreensão mais profunda.

Ele falou das folhas que cantam apenas quando sopradas pelo vento; e do homem como uma taça enchida pelo anjo pregador do dia para saciar a sede de outro anjo. Entretanto, esteja a taça cheia ou vazia, ela permanecerá cristalina sobre a mesa do Altíssimo.

Ele disse:

— Vocês são a taça e vocês são o vinho. Bebam-se até a última gota; ou então lembrem-se de mim e ficarão saciados.

E em nosso caminho até o sul Ele disse:

— Jerusalém, que fica orgulhosa, nas alturas, descerá às profundezas do Jahanam, o vale sombrio, e no meio de sua desolação eu ficarei sozinho.

"O templo se transformará em pó e, ao redor do pórtico, você ouvirá o pranto das viúvas e dos órfãos; e homens, na pressa de escapar, não reconhecerão o rosto de seus irmãos, pois o medo cairá sobre todos.

"Mas, mesmo lá, se dois de vocês se encontrarem, pronunciarem meu nome e olharem para o oeste, vocês vão me ver, e estas palavras minhas visitarão novamente seus ouvidos."

Quando alcançamos a colina da Betânia, Ele disse:

— Vamos para Jerusalém. A cidade nos aguarda. Entrarei pelo portão montado em um jumento e falarei à multidão.

"Lá, há muitos que desejam me acorrentar, e muitos que desejam apagar minha chama, mas em minha morte vocês encontrarão a vida e serão livres.

"Eles procurarão o hálito que flutua entre o coração e a mente como a andorinha voa entre o campo e o ninho. Mas meu hálito já lhes escapou, e eles não conseguirão me dominar.

"Os muros que meu Pai construiu ao meu redor não cairão, e o terreno que Ele santificou não será profanado.

"Quando chegar a aurora, o Sol coroará minha cabeça e estarei com vocês para enfrentar o dia. E o dia será longo, e o mundo não verá seu entardecer.

"Os escribas e os fariseus dizem que a terra está sedenta pelo meu sangue. Saciarei a sede da terra com o meu sangue. Mas as gotas erguerão carvalhos e bordos, e o vento leste carregará as sementes para outras terras."

E então Ele disse:

— A Judeia terá um rei e marchará contra as legiões de Roma.

"Não serei o seu rei. Os diademas de Sião foram criados para testas mais estreitas. E o anel de Salomão é pequeno para este dedo.

"Observem minha mão. Não veem que ela é forte demais para segurar um cetro e poderosa demais para empunhar uma espada comum?

"Não, não comandarei os sírios contra Roma. Mas vocês, com as minhas palavras, despertarão a cidade, e meu espírito falará à sua segunda aurora.

"Minhas palavras serão um exército invisível com cavalos e carruagens e, sem machado ou lança, conquistarei os sacerdotes de Jerusalém e os Césares.

"Não me sentarei no trono onde escravos se sentaram e governaram outros escravos. Nem me rebelarei contra os filhos da Itália.

"Mas serei uma tempestade em seu céu e uma canção em sua alma.

"E serei lembrado.

"Eles me chamarão de Jesus, o Ungido."

Isso Ele disse do lado de fora das muralhas de Jerusalém antes de entrar na cidade.

E Suas palavras ficaram como que gravadas com cinzéis.

Nataniel

Jesus não era manso

Dizem que Jesus de Nazaré era humilde e manso.

Dizem que embora Ele fosse um homem correto e justo, era fraco e foi muitas vezes confundido pelos fortes e poderosos; e que quando Ele ficava diante de homens de autoridade, era apenas um cordeiro entre leões.

Mas eu digo que Jesus tinha autoridade sobre os homens, e que Ele conhecia o Seu poder e o proclamava pelas colinas da Galileia e nas cidades de Judeia e Fenícia.

Que homem submisso e frágil diria: "Eu sou a vida e sou o caminho da verdade"?

Que homem manso e humilde diria: "Estou em Deus, nosso Pai; e nosso Deus, o Pai, está em mim"?

Que homem ignorante da própria força diria: "Aquele que não acredita em mim não acredita nesta vida nem na vida eterna"?

Que homem incerto do amanhã proclamaria: "Seu mundo morrerá e não será nada além de cinzas espalhadas antes que minhas palavras desapareçam"?

Ele duvidava de si quando disse para aqueles que O confundiam com uma prostituta: "Que aquele sem pecados atire a primeira pedra"?

Ele temia a autoridade quando expulsou os cambistas do pátio do templo, embora eles fossem autorizados pelos sacerdotes?

Suas asas estavam aparadas quando Ele gritou alto: "Meu reino fica acima de seus reinos terrenos"?

Estava Ele buscando abrigo nas palavras quando repetiu diversas vezes e mais uma vez: "Destruam esse templo e eu o reconstruirei em três dias"?

Era um covarde que sacudiu a mão na cara das autoridades e as chamou de "Mentirosos, vis, corruptos e degenerados"?

Um homem ousado o suficiente para dizer essas coisas àqueles que governavam a Judeia pode ser considerado manso e humilde?

Não. A águia não constrói seu ninho no salgueiro-chorão. E o leão não procura sua toca entre as samambaias.

Estou enojado e minhas entranhas se agitam e se revolvem quando ouço os fracos de coração chamarem Jesus de humilde e manso, para justificar sua própria fraqueza de coração; e quando os oprimidos, por conforto e companheirismo, falam de Jesus como um verme brilhando ao seu lado.

Sim, meu coração fica enojado com esses homens. Pois eu oro para o caçador poderoso e para o espírito invencível da montanha.

Saba de Antioquia

Sobre Saulo de Tarso

Hoje ouvi Saulo de Tarso pregando Cristo aos judeus desta cidade.

Agora ele se denomina Paulo, o apóstolo dos gentios.

Conheci-o na juventude, e naqueles dias ele perseguia os amigos do Nazareno. Lembro-me bem de sua satisfação quando seus companheiros apedrejaram um jovem radiante chamado Estevão.

Esse Paulo é, de fato, um homem estranho. Sua alma não é a alma de um homem livre.

Às vezes, ele parece um animal na floresta, caçado e ferido, em busca de uma caverna onde ocultar sua dor do mundo.

Ele não fala de Jesus, nem repete Suas palavras. Ele prega o Messias que os antigos profetas predisseram.

E embora seja um judeu escolarizado, ele fala com os companheiros judeus em grego; e seu grego não é fluente, e ele escolhe mal as palavras.

Mas ele é um homem de poderes ocultos, e sua presença é confirmada por aqueles que se reúnem ao seu redor. E às vezes ele lhes assegura coisas das quais nem ele está seguro.

Nós que conhecemos Jesus e ouvimos Seus discursos dizemos que Ele ensinou o homem a quebrar as correntes da servidão para ser livre de seu passado.

Mas Paulo está forjando correntes para o homem de amanhã. Ele golpeará seu próprio martelo sobre a bigorna em nome de alguém que ele não conhece.

O Nazareno queria que vivêssemos as horas na paixão e no êxtase.

O homem de Tarso quer que respeitemos leis registradas nos livros antigos.

Jesus deu Seu alento aos mortos sem alento. E em minhas noites solitárias eu acredito e compreendo.

Quando Ele se sentava à mesa, contava histórias que proporcionavam alegria aos convivas e temperava com Sua alegria a carne e o vinho.

Mas Paulo quer prescrever nosso pão e nossa taça.

Permitam-me voltar meu olhar para o outro lado.

Salomé a uma amiga

Um desejo insatisfeito

Ele era como álamos reluzindo ao sol;
E como um lago entre colinas solitárias,
Brilhando ao sol;
E como neve no topo da montanha,
Branca, branca ao sol.

Sim, Ele era como tudo isso;
E eu O amava.
No entanto, temia Sua presença.
E meus pés não podiam carregar meu fardo de amor
Para que eu envolvesse Seus pés com meus braços.

Teria Lhe dito,
"Matei Seu amigo em um momento de paixão.
Você perdoa o meu pecado?
Terá misericórdia e libertará minha juventude
De seu ato cego,
Para eu poder andar à Sua luz?"

Eu sei que Ele perdoaria a minha dança
Pela cabeça santificada de Seu amigo.
Eu sei que Ele veria em mim
Um objeto de Seu próprio ensinamento.
Pois não havia um vale de fome que Ele não transpusesse,
E nenhum deserto de sede que Ele não atravessasse.

Sim, Ele era mesmo como os álamos,
E como os lagos entre as colinas,
E como a neve sobre o Líbano.
E gostaria de ter refrescado meus lábios nas dobras de
Sua veste.

Mas Ele estava longe de mim,
E eu estava envergonhada.
E minha mãe me deteve
Quando o desejo de procurá-Lo me tomou.

Sempre que Ele passava por mim, meu coração doía por
Sua beleza,
Mas minha mãe franzia a testa para Ele em desprezo,
E me tirava da janela
Para o meu quarto.
E gritava alto, dizendo,
"Quem é Ele senão outro comedor de gafanhotos do
deserto?

O que Ele é além de um escarnecedor e renegado,
Um amotinador revoltado que nos rouba o cetro e
a coroa,

E manda as raposas e chacais de Sua terra maldita
Uivarem em nossos salões e sentarem sobre o trono?
Vá esconder seu rosto hoje,
E aguarde o dia em que Sua cabeça cairá,
Mas não será sobre a sua bandeja."

Foi isso que minha mãe disse.
Mas meu coração não guardava suas palavras.
Eu O amava em segredo,
E meu sono era envolto em chamas.

Agora Ele se foi.
E algo em mim também se foi.
Talvez fosse minha juventude
Que não quis permanecer aqui,
Desde que o Deus da juventude foi morto.

Raquel, uma discípula

Sobre Jesus:
A visão e o homem

Muitas vezes me pergunto se Jesus era um homem de carne e sangue como nós, ou um pensamento sem corpo, na mente, ou uma ideia que visita as visões do homem.

Muitas vezes me parece que Ele não passava de um sonho, sonhado ao mesmo tempo por incontáveis homens e mulheres, em um sono mais profundo que o sono e uma aurora mais serena que todas as auroras.

E parece que ao relatar o sonho uns aos outros, começamos a considerá-lo uma realidade que realmente ocorreu; e, ao dar um corpo à nossa fantasia e uma voz ao nosso desejo, fizemos Dele uma substância de nossa própria substância.

Mas na verdade Ele não era um sonho. Nós O conhecemos por três anos e O vimos com os olhos abertos na maré alta do meio-dia.

Tocamos Suas mãos e O seguimos de um lugar a outro. Ouvimos Seus discursos e testemunhamos Suas obras. Pensa que éramos um pensamento em busca de mais pensamento ou um sonho na região dos sonhos?

Grandes eventos sempre parecem alheios à nossa vida diária, embora sua natureza possa estar enraizada na nossa natureza. Mas embora pareçam súbitas em sua chegada e súbitas no desaparecimento, sua verdade dura anos e gerações.

Jesus de Nazaré foi, Ele mesmo, o Grande Evento. O homem cujo pai, mãe e irmãos conhecemos era Ele mesmo um milagre criado na Judeia. Sim, todos os Seus milagres, se colocados aos Seus pés, não alcançariam a altura de Seus tornozelos.

E todos os rios de todos os anos não conseguirão levar nossa lembrança Dele.

Ele era uma montanha ardendo na noite, mas também era um brilho suave por trás das colinas. Ele era uma tempestade no céu, mas também era um murmúrio na névoa da aurora.

Ele era uma torrente jorrando das alturas às planícies para destruir tudo em seu caminho. E Ele era como o riso das crianças.

Todo ano eu esperava a primavera para visitar esse vale. Esperava os lírios e os cíclames, e todo ano minha alma se entristecia dentro de mim; eu sempre desejava me alegrar com a primavera, mas não conseguia.

Mas quando Jesus veio para as minhas estações, Ele realmente era uma primavera, e Nele havia a promessa de todos os anos vindouros. Ele encheu meu coração de alegria; e cresci como as violetas, acanhada, à luz de Sua chegada.

E agora as estações em mutação de mundos ainda não nossos não apagarão Sua beleza de nosso mundo.

Não, Jesus não era um fantasma, nem uma criação dos poetas. Ele era um homem como você e eu. Mas apenas aos olhos, toque e audição; em todos os outros aspectos Ele era diferente de nós.

Era um homem de júbilo; e foi no caminho da alegria que Ele encontrou os sofrimentos de todos os homens. E foi dos tetos elevados de Seus sofrimentos que Ele viu a alegria de todos os homens.

Ele viu visões que nós não vimos e ouviu vozes que não ouvimos; Ele falava como se fosse a multidões invisíveis e, muitas vezes, falava através de nós para raças ainda não nascidas.

E Jesus quase sempre estava só. Estava entre nós, no entanto, não era um de nós. Estava sobre a Terra, no entanto, era do Céu. E apenas em nossa solidão podemos visitar a terra de Sua solidão.

Ele nos amava com um amor terno. Seu coração era um lagar. Você e eu podíamos nos aproximar com uma taça e beber dela.

Uma coisa eu não entendia em Jesus: Ele era divertido com Seus ouvintes; contava piadas, brincava com as palavras e ria com a plenitude do coração, mesmo quando havia distância em Seus olhos e tristeza em Sua voz. Mas agora compreendo.

Costumo pensar na Terra como uma mulher grávida de seu primeiro filho. Quando Jesus nasceu, Ele foi o primogênito. E quando Ele morreu, foi o primeiro homem a morrer.

Pois não lhe pareceu que a Terra parou naquela sexta-feira sombria, e que os céus estavam em guerra com os céus?

E você não sentiu quando Seu rosto desapareceu de nossa vista como se não fôssemos nada além de lembranças na névoa?

Cléofas
de Batrum

SOBRE A LEI
E OS PROFETAS

Quando Jesus falava, o mundo inteiro silenciava para ouvi-Lo. Suas palavras não eram para os nossos ouvidos, mas para os elementos com os quais Deus compôs esta Terra.

Ele falava com o mar, nossa vasta mãe, que nos deu à luz. Ele falava para a montanha, nosso irmão mais velho, cujo cume é uma promessa.

E Ele falava aos anjos além do mar e da montanha, a quem confiávamos nossos sonhos antes que a argila em nós endurecesse sob o sol.

E Suas palavras ainda dormitam em nosso peito como uma canção de amor semiesquecida e, às vezes, elas queimavam em nossa memória.

Seu discurso era simples e alegre, e o som de Sua voz era como água fresca em terra árida.

Certa vez Ele ergueu a mão contra o Céu, e Seus dedos eram como os galhos de um plátano; e Ele disse em voz alta:

– Os antigos profetas falaram com vocês, e seus ouvidos foram preenchidos pelo discurso deles. Mas eu digo a vocês, esvaziem os ouvidos do que ouviram.

E essas palavras de Jesus, "Mas eu digo a vocês", não foram pronunciadas por um homem de nossa raça nem de nosso mundo; mas por uma hoste de serafins marchando pelo céu da Judeia.

Inúmeras e infinitas vezes Ele citou a lei e os profetas e então afirmou:

– Mas eu digo a vocês.

Oh, que palavras ardentes, que ondas de mares desconhecidos pelas praias de nossas mentes, "Mas eu digo a vocês".

Que estrelas em busca da escuridão da alma, e que almas insones à espera da aurora.

Para falar do discurso de Jesus é preciso ter Seu discurso ou o eco dele.

Não tenho nem o discurso nem o eco.

Peço perdão por iniciar uma história que não posso concluir. Mas o fim ainda não está em meus lábios. Ainda é uma canção de amor ao vento.

Naamã dos Gadarenos

Sobre a morte de Estevão

Seus discípulos estão dispersos. Ele lhes deixou o legado da dor antes de Ele mesmo ter sido morto. Eles são caçados como cervos e raposas do campo, e a aljava do caçador ainda está repleta de flechas.

Mas quando eles são pegos e conduzidos à morte, ficam alegres, e seu rosto brilha como o rosto do noivo na festa de casamento. Pois Ele também lhes deixou o legado da alegria.

Eu tinha um amigo do País do Norte, e seu nome era Estevão e, como ele proclamou Jesus como Filho de Deus, foi levado à praça e apedrejado.

E quando Estevão caiu no chão, ele estendeu os braços como se fosse morrer como seu Mestre morreu. Seus braços estavam estendidos como asas prontas para voar. E quando o último raio de luz desaparecia de seus olhos, vi com meus próprios olhos um sorriso em seus lábios. Era um sorriso como a brisa que vem antes do fim do inverno como garantia e promessa da primavera.

Como posso descrevê-lo?

Parecia que Estevão dizia: "Se eu for a outro mundo, e outros homens me conduzirem a outra praça para me apedrejar, eu O proclamaria mesmo assim pela verdade que havia Nele e pela mesma verdade que agora está em mim".

E notei que havia um homem de pé ali perto, observando com prazer o apedrejamento de Estevão.

Seu nome era Saulo de Tarso e foi ele quem entregou Estevão aos sacerdotes, aos romanos e ao povo, para ser apedrejado.

Saulo era careca e de baixa estatura. Seus ombros eram curvados e suas feições, feias; eu não gostava dele.

Disseram-me que agora ele está pregando sobre Jesus do alto de telhados. É difícil acreditar.

Mas o túmulo não detém a caminhada de Jesus até o acampamento inimigo para subjugar e aprisionar quem se opunha a Ele.

Mesmo assim não gosto daquele homem de Tarso, embora tenham me dito que após a morte de Estevão ele foi domado e conquistado na estrada de Damasco. Mas sua cabeça é grande demais para o seu coração ser o de um verdadeiro discípulo.

Entretanto, talvez eu esteja enganado. Muitas vezes estou enganado.

Tomé

Sobre os antepassados
de suas dúvidas

Meu avô, que era advogado, certa vez disse:
— Vamos observar a verdade, mas apenas quando a verdade se manifesta em nós.

Quando Jesus me chamou, eu atendi, pois Seu comando era mais forte que a minha vontade; mesmo assim mantive minha opinião.

Quando Ele falava, e os outros ficavam agitados como galhos ao vento, eu ouvia, imóvel. Apesar disso, eu O amava.

Há três anos Ele nos deixou, uma companhia esparsa para cantar Seu nome e ser Sua testemunha para as nações.

Naquela época eu era conhecido como Tomé, o incrédulo. A sombra de meu avô ainda estava sobre mim, e eu sempre queria ver a verdade se manifestar.

Eu até colocava a mão em minha ferida para sentir o sangue antes de acreditar na dor.

Porém um homem que ama com o coração, mas mantém a dúvida na mente, é apenas um escravo na galé que dorme com o remo e sonha com a liberdade, até o chicote de seu senhor o despertar.

Eu mesmo fui esse escravo e sonhei com a liberdade, mas o sono de meu avô estava sobre mim. Minha carne precisava do chicote de meu próprio dia.

Mesmo na presença do Nazareno, fechei os olhos para ver minhas mãos acorrentadas ao remo.

A dúvida é uma dor solitária demais para saber que a fé é seu irmão gêmeo.

A dúvida é um enjeitado infeliz e extraviado e que, mesmo que sua própria mãe que lhe deu à luz o encontre e o abrace, recua com cautela e medo.

Pois a dúvida não conhece a verdade até que suas feridas estejam curadas e restauradas.

Duvidei de Jesus até que Ele se fez manifesto em mim e colocou minha própria mão em Suas feridas.

Então eu realmente acreditei, e depois disso me livrei de meu ontem e do ontem de meus antepassados.

O morto em mim enterrou seus mortos; e os vivos viverão pelo Rei Ungido, mesmo por aquele que era o Filho do Homem.

Ontem me disseram que preciso partir e declarar Seu nome entre os persas e hindus.

Devo ir. E deste dia até o meu último, ao amanhecer e ao anoitecer, verei meu Senhor se erguendo em majestade e O ouvirei falar.

Elmadã, o lógico

JESUS, O PROSCRITO

Você me pede para falar de Jesus, o Nazareno, e muito tenho para dizer, mas ainda não chegou a hora. No entanto, tudo o que digo agora sobre Ele é verdade; pois nenhum discurso tem valor exceto quando expõe a verdade.

Veja um homem desordeiro, contra qualquer ordem; um mendigo, contra qualquer posse; um bêbado, que só fica feliz com embusteiros e proscritos.

Ele não era o filho orgulhoso do Estado, nem o cidadão protegido do Império; portanto, Ele desprezava o Estado e o Império.

Ele vivia tão livre e sem obrigações quanto as aves do céu, e por isso os caçadores O derrubaram no chão com flechas.

Ninguém abrirá as comportas de seus antepassados sem se afogar. É a lei. E como o Nazareno quebrou a lei, Ele e Seus seguidores tolos foram transformados em nada.

Existiram muitos outros como Ele, homens que desejavam mudar o curso de nosso destino.

Eles mesmos foram mudados e se tornaram perdedores.

Há uma parreira sem uvas que cresce nas muralhas da cidade. Ela se arrasta para cima e se prende às pedras. Se essa parreira diz em seu coração, "Com meu poder e meu peso destruirei estas muralhas", o que outras plantas diriam? Com certeza ririam de sua tolice.

Agora, senhor, só posso rir desse homem e de Seus discípulos mal aconselhados.

Uma das Marias

Sobre Sua tristeza e Seu sorriso

Sua cabeça estava sempre erguida, e a chama de Deus estava em Seus olhos.

Ele se entristecia frequentemente, mas Sua tristeza era ternura para aqueles que sofriam e camaradagem para os solitários.

Quando Ele sorria, Seu sorriso era como a fome daqueles que anseiam pelo desconhecido. Era como o pó de estrelas caindo sobre as pálpebras das crianças. E era como um naco de pão na garganta.

Ele era triste, mas era uma tristeza que subia aos lábios e se transformava em sorriso.

Era como um véu dourado na floresta quando o outono cai sobre o mundo. E às vezes parecia o luar sobre as margens do lago.

Ele sorria como se Seus lábios fossem cantar na festa de casamento.

No entanto, Ele era triste com a tristeza dos seres alados que não conseguem voar acima de seus companheiros.

Romanous, um poeta grego

Jesus, o poeta

Ele era um poeta. Ele via pelos nossos olhos e ouvia pelos nossos ouvidos, e nossas palavras silenciosas estavam em Seus lábios; e Seus dedos tocavam o que não conseguíamos sentir.

De Seu coração saíam incontáveis pássaros canoros para o norte e o sul, e as pequenas flores das encostas sustentavam Seus passos em direção aos céus.

Muitas vezes eu O vi se curvando para tocar nas lâminas de grama. E em meu coração O ouvi dizer:

– Coisinhas verdes, vocês estarão comigo em meu reino, assim como os carvalhos de Bessan e os cedros do Líbano.

Ele amava tudo o que era belo, o rosto tímido das crianças, a mirra e o incenso do sul.

Ele amava uma romã ou uma taça de vinho oferecidas a Ele por gentileza; não importava se fosse oferecida por um estranho na estalagem ou por um anfitrião rico.

E Ele amava as flores da amendoeira. Eu O vi juntando-as em Suas mãos e cobrindo o rosto com as pétalas, como se fosse abraçar com Seu amor todas as árvores do mundo.

Ele conhecia o mar e os céus; e falava das pérolas que têm luz que não é desta luz e de estrelas que ficam além da noite.

Ele conhecia as montanhas como as águias as conhecem, e os vales como são conhecidos por riachos e córregos. E havia um deserto em Seu silêncio e um jardim em Seu discurso.

Sim, Ele era um poeta cujo coração habita o caramanchão além das alturas, e Suas canções, embora cantadas para os nossos ouvidos, também eram cantadas para outros ouvidos e para homens em outras terras onde a vida é sempre jovem e o tempo é sempre o amanhecer.

No passado, eu também me considerava um poeta, mas quando me coloquei diante Dele em Betânia, soube o que é portar um instrumento com uma única corda diante daquele que domina todos os instrumentos. Pois em Sua voz havia o riso do trovão e as lágrimas da chuva, e a dança alegre das árvores ao vento.

E desde que soube que minha lira tem apenas uma corda e que minha voz não tece nem as lembranças de ontem nem as esperanças de amanhã, deixei minha lira de lado e fiquei em silêncio. Mas sempre no crepúsculo prestarei atenção e ouvirei o Poeta soberano de todos os poetas.

Levi, um discípulo

Sobre aqueles que desejavam confundir Jesus

Certa tarde, Ele passou pela minha casa e minha alma se agitou dentro de mim.

Ele conversou comigo e disse:

– Venha, Levi, siga-me.

E eu O segui naquele dia.

E na tarde do dia seguinte, pedi-Lhe para entrar em minha casa e ser meu convidado. E Ele e Seus amigos cruzaram a soleira e abençoaram a mim, a minha mulher e a meus filhos.

E eu tinha outros convidados. Eram publicanos e homens eruditos, mas no íntimo eles estavam contra Ele.

E quando estávamos sentados ao redor da mesa, um dos publicanos questionou Jesus, dizendo:

– É verdade que você e seus discípulos quebram a lei e acendem o fogo no dia de Sabbath?

E Jesus respondeu:

– De fato, acendemos o fogo no Sabbath. Desejamos acender o dia de Sabbath e queimar com nossa tocha os restos secos de todos os dias.

E outro publicano disse:

— Ficamos sabendo que você bebe vinho com os impuros na taberna.

E Jesus respondeu:

— Sim, também queremos consolá-los. Viemos aqui senão para partilhar o pão e a taça com os descoroados e descalços entre vocês?

"Poucos, muito poucos são os implumes que desafiam o vento, e muitos são os alados e os emplumados ainda no ninho.

"E nós alimentaremos todos com nosso bico, tanto os lentos quanto os ágeis."

E outro publicano disse:

— Não me disseram que você protege as prostitutas de Jerusalém?

Então vi no rosto de Jesus, como se fossem os montes rochosos do Líbano, e Ele disse:

— É verdade.

"No dia do julgamento, essas mulheres se erguerão diante do trono do meu Pai, e serão purificadas por suas próprias lágrimas. Mas vocês serão rebaixados pelas correntes de seu próprio julgamento.

"A Babilônia não foi destruída por causa de suas prostitutas; a Babilônia se transformou em cinzas para que os olhos dos hipócritas não vissem mais a luz do dia."

E outros publicanos desejavam questioná-Lo, mas fiz um gesto e pedi que se calassem, pois eu sabia que Ele os confundiria; eles também eram meus convidados, e eu não queria que se constrangessem.

À meia-noite os publicanos deixaram a minha casa com a alma mancando.

Então fechei os olhos e vi, como se fosse uma visão, sete mulheres em vestes alvas próximas a Jesus. Seus braços estavam cruzados sobre o peito e a cabeça, abaixada, e olhei profundamente na névoa de meu sonho e vi o rosto de uma das sete mulheres, e ele brilhou em minha escuridão.

Era o rosto de uma prostituta que vivia em Jerusalém.

Então abri os olhos e olhei para Ele, e Ele sorria para mim e para os outros que não haviam deixado a mesa.

Voltei a fechar os olhos e vi sob uma luz sete homens em vestes alvas ao redor Dele. E observei o rosto de um deles.

Era o rosto de um ladrão que foi crucificado mais tarde à Sua direita.

E depois Jesus e Seus companheiros deixaram a minha casa e seguiram pela estrada.

Uma viúva da Galileia

Jesus, o cruel

Meu filho foi o primeiro e único que eu tive. Ele trabalhava no campo e estava satisfeito, até ouvir sobre o homem chamado Jesus falando à multidão.

Então meu filho subitamente mudou, como se um novo espírito, estranho e imoral, tivesse abraçado seu espírito.

Ele abandonou o campo e o jardim; e também me abandonou. Tornou-se inútil, uma criatura das estradas.

Aquele homem, Jesus de Nazaré, era mau, pois que homem bom separaria um filho de sua mãe?

A última coisa que meu filho me disse foi isso:

– Vou com um de Seus discípulos ao País do Norte. Minha vida se estabelece no Nazareno. Você me deu à luz e por isso sou grato a você. Mas preciso partir. Não estou deixando com você nossa rica terra, e todo o nosso ouro e prata? Não levarei nada além desta roupa e deste bastão.

Assim falou o meu filho, e partiu.

E agora os romanos e os sacerdotes prenderam Jesus e O crucificaram; e agiram bem.

Um homem que separa mãe e filho não pode ser divino.

O homem que envia nossos filhos às cidades dos gentios não pode ser nosso amigo.

Sei que meu filho não retornará para mim. Vi em seus olhos. E por isso odeio Jesus de Nazaré, que me deixou solitária nesse campo sem cultivo e nesse jardim murcho.

E odeio todos aqueles que O louvam.

Não muitos dias atrás, contaram-me que Jesus disse uma vez:

– Meu pai e minha mãe, e meus irmãos são aqueles que ouvem minha palavra e me seguem.

Mas por que filhos deixariam sua mãe para seguir Seus passos?

E por que o leite de meu seio deveria ser esquecido por uma fonte ainda não provada? E o calor de meus braços abandonado pela Terra do Norte, fria e hostil?

Sim, odeio o Nazareno e O odiarei até o fim dos meus dias, pois Ele roubou meu primogênito, meu único filho.

Judas, o primo de Jesus

Sobre a morte de João Batista

Certa noite, no mês de agosto, estávamos com o Mestre em uma charneca próxima ao lago. A charneca era chamada pelos antigos de Campina das Caveiras.

E Jesus estava deitado na grama, observando as estrelas.

De repente, dois homens vieram correndo sem fôlego em nossa direção. Pareciam estar em agonia e caíram prostrados aos pés de Jesus.

Jesus se levantou e disse:

– De onde vieram?

E um dos homens respondeu:

– De Macareus.

E Jesus olhou para ele e ficou perturbado, Ele disse:

– E o João?

E o homem disse:

– Foi morto hoje. Foi decapitado na cela da prisão.

Então Jesus ergueu a cabeça. E se afastou um pouco de nós. Após um tempo Ele voltou ao nosso meio. E disse:

– O rei poderia ter matado o profeta antes deste dia. Na verdade o rei tentou o prazer de Seus súditos. Reis de outrora não demoravam tanto para entregar a cabeça de um profeta aos caçadores de cabeça.

"Não estou de luto por João, mas sim por Herodes, que deixou a espada cair. Pobre rei, como um animal capturado e conduzido por uma argola e uma corda.

"Pobres tetrarcas mesquinhos, perdidos na própria escuridão, eles tropeçam e caem. E o que vocês tiram do mar estagnado além de peixes mortos?

"Não odeio os reis. Deixe-os governar os homens, mas apenas quando são mais sábios que os homens."

E o Mestre olhou para os dois rostos entristecidos, então olhou para nós e falou novamente:

– João nasceu ferido, e o sangue de suas feridas correu com suas palavras. Ele era a liberdade ainda não libertada dela mesma e era paciente apenas com os corretos e justos.

"Na verdade, ele era uma voz gritando na terra dos surdos; e eu o amava em sua dor e solidão.

"E eu amava seu orgulho, que entregaria sua cabeça à espada antes de se entregar ao pó.

"Em verdade, digo que João, filho de Zacarias, foi o último mo de sua raça e, como seus patriarcas, foi morto entre a soleira do templo e o altar."

E mais uma vez Jesus se afastou de nós.

Então Ele voltou e disse:

— Sempre foi assim, quem governa por uma hora mata os governantes de anos. E para sempre julgarão e condenarão o homem que ainda não nasceu e decretarão sua morte antes de ele cometer o crime.

"O filho de Zacarias viverá comigo em meu reino e seu dia será longo."

Então ele se virou para os discípulos de João e disse:

— Toda ação tem seu amanhã. Eu mesmo posso ser o amanhã dessa ação. Voltem aos amigos do meu amigo e digam-lhes que estarei com eles.

Os dois se afastaram de nós e pareciam de coração mais leve.

Então Jesus voltou a deitar na grama e esticou os braços, observando as estrelas novamente.

Agora já era tarde. Deitei-me não longe Dele e de bom grado teria descansado, mas havia uma mão batendo no portão do meu sono, e permaneci acordado até que Jesus e a aurora me chamaram de volta à estrada.

O homem do deserto

Sobre os cambistas

Eu era um forasteiro em Jerusalém. Viera à Cidade Sagrada para ver o grande templo e fazer um sacrifício sobre o altar, pois minha mulher deu gêmeos à minha tribo.

Após entregar minhas oferendas, fiquei diante do pórtico do templo observando os cambistas e aqueles que vendiam pombas para sacrifícios e ouvindo o grande burburinho na corte.

Enquanto estava lá, um homem surgiu de repente no meio dos cambistas e daqueles que vendiam pombas.

Era um homem majestoso e Ele veio rapidamente.

Em sua mão havia uma corda de couro de cabra; e Ele começou a virar as mesas dos cambistas e a bater nos vendedores de aves com a corda.

E O ouvi dizer em voz alta:

– Libertem esses pássaros para o Céu, que é o seu ninho.

Homens e mulheres fugiram diante de Seu rosto, e Ele se movimentou entre eles como o redemoinho se move nas dunas.

Tudo isso aconteceu em um instante, e depois o pátio do Templo ficou livre de todos os cambistas. Apenas o homem ficou sozinho ali, e Seus seguidores esperavam a distância.

Então virei o rosto e vi outro homem no pórtico do templo. E caminhei até ele e disse:

– Senhor, quem é esse homem que está sozinho, como se fosse outro templo?

E ele me respondeu:

– Esse é Jesus de Nazaré, um profeta que apareceu recentemente na Galileia. Aqui em Jerusalém todos os homens O odeiam.

E eu disse:

– Meu coração foi forte o suficiente para estar com Seu chicote e submisso o suficiente para estar aos Seus pés.

E Jesus se virou para Seus seguidores, que O esperavam. Mas antes que Ele os alcançasse, três das pombas do templo voltaram voando, e uma pousou em Seu ombro esquerdo e as outras duas aos Seus pés. Ele tocou em cada uma com carinho. Então seguiu adiante, e havia léguas em cada um de Seus passos.

Agora me diga, que poder Ele tinha para atacar e dispersar centenas de homens e mulheres sem sofrer oposição? Disseram-me que todos O odiavam, mas ninguém O confrontou naquele dia. Teria Ele arrancado as presas do ódio em Seu caminho até o pátio do templo?

Pedro

Sobre o dia seguinte de Seus seguidores

Certa vez, ao pôr do sol, Jesus nos conduziu ao vilarejo de Betsaida. Éramos um grupo cansado, e a poeira da estrada estava sobre nós. Chegamos a uma grande casa no meio de um jardim, e o proprietário estava no portão.

E Jesus disse para ele:

— Estes homens estão cansados e com os pés doloridos. Deixe-os dormir em sua casa. A noite está fria e eles precisam de calor e repouso.

E o homem rico disse:

— Eles não dormirão em minha casa.

E Jesus disse:

— Então deixe que durmam em seu jardim.

E o homem respondeu:

— Não, não dormirão em meu jardim.

Então Jesus se virou para nós e disse:

— É assim que será o amanhã de vocês, e este presente é igual ao seu futuro. Todas as portas se fecharão na sua cara, e nem mesmo os jardins sob as estrelas serão seu leito.

"Se os seus pés forem realmente pacientes com a estrada e me seguirem, talvez encontrem uma bacia e uma cama, e talvez pão e vinho também. Contudo, se não encontrarem nenhuma dessas coisas, não se esqueçam então de que atravessaram um de meus desertos.

"Venham, vamos seguir adiante."

E o homem rico ficou perturbado, seu rosto se modificou, e ele murmurou para si palavras que eu não ouvi; e ele se encolheu diante de nós e voltou para o jardim.

E seguimos Jesus pela estrada.

Malaquias da Babilônia, um astrônomo

O milagre de Jesus

Você me pergunta sobre os milagres de Jesus.

A cada milhar de mil anos, o Sol, a Lua, esta Terra e todos os seus planetas irmãos se alinham e conferenciam por um instante.

Então se dispersam lentamente e esperam a passagem de outro milhar de mil anos.

Não há milagres por trás das estações, embora eu e você não conheçamos todas as estações. E se uma estação se manifestar na forma de um homem?

Em Jesus, os elementos de nosso corpo e nossos sonhos se uniram de acordo com a lei. Tudo o que era atemporal antes Dele se tornou temporal com Ele.

Dizem que Ele deu visão ao cego e movimento ao paralítico, e que Ele expulsou demônios dos loucos.

Talvez a cegueira não passe de um pensamento sombrio que pode ser dominado por um pensamento ardente. Talvez um membro paralisado seja apenas inatividade que pode ser avivada pela energia. E talvez os demônios, esses elementos inquietos da vida, sejam expulsos pelos anjos da paz e da serenidade.

Dizem que Ele trouxe os mortos à vida. Se você souber me dizer o que é a morte, então lhe direi o que é a vida.

Em um campo, observei uma bolota, algo tão quieto e aparentemente inútil. E na primavera vi aquela bolota soltar raízes e se erguer, o início de um carvalho, na direção do sol.

Certamente vocês considerariam isso um milagre, entretanto, esse milagre ocorre milhares e milhares de vezes na sonolência de cada outono e na paixão de cada primavera.

Por que não pode ocorrer no coração do homem? As estações não podem estar na mão ou nos lábios do Homem Ungido?

Se nosso Deus deu à Terra a arte de aninhar a semente enquanto ela está aparentemente morta, por que não daria ao coração do homem a capacidade de soprar vida em outro coração, mesmo que aparentemente morto?

Falei desses milagres que considero pequenos em comparação ao grande milagre, que é o próprio homem, o Viajante, o homem que transformou meu entulho em ouro, que me ensinou a amar aqueles que me odeiam e, ao fazer isso, me trouxe consolo e deu doces sonhos ao meu sono.

Esse é o milagre em minha própria vida.

Minha alma estava cega, minha alma era coxa. Fui possuído por espíritos inquietos e estava morto.

Mas agora vejo com clareza e caminho ereto. Estou em paz e vivo para testemunhar e proclamar meu próprio ser a cada hora do dia.

E não sou um de Seus seguidores. Sou apenas um velho astrônomo que visita os campos do espaço uma vez por estação e que presta atenção à lei e aos milagres dela.

Estou no crepúsculo de meu tempo, mas sempre que busco sua aurora, busco a juventude de Jesus.

E a idade sempre buscará a juventude. Em mim agora é o conhecimento que busca a visão.

Um filósofo

Sobre milagres e beleza

Quando estava conosco, Ele olhava para nós e para nosso mundo com olhos maravilhados, pois Seus olhos não estavam cobertos pelo véu dos anos, e tudo o que Ele enxergava era claro à luz de Sua juventude.

Embora conhecesse a profundidade da beleza, Ele sempre se surpreendia com sua paz e majestade; e Ele ficava diante da terra como o primeiro homem ficou diante do primeiro dia.

Nós, cujos sentidos foram embotados, olhamos à plena luz do dia e mesmo assim não vemos. Levamos as mãos em concha aos ouvidos, mas não ouvimos; estendemos as mãos, mas não tocamos. E mesmo que todo o incenso da Arábia tenha se queimado, seguimos nosso caminho e não sentimos o cheiro.

Não vemos o lavrador voltando do campo ao entardecer; nem ouvimos a flauta do pastor quando ele conduz seu rebanho ao curral, nem esticamos os braços para tocar o pôr do sol; e nossas narinas não mais almejam as rosas de Sharon.

Não, não honramos nenhum rei sem reinos; nem ouvimos o som de harpas, exceto quando as cordas são tocadas por mãos; nem vemos uma criança brincando no olival como se ela fosse uma oliveira jovem. E todas as palavras precisam brotar de lábios de carne, senão nos consideramos mudos e surdos.

Na verdade, olhamos, mas não vemos, e escutamos, mas não ouvimos; comemos e bebemos, mas não sentimos o gosto. E essa é a diferença entre Jesus de Nazaré e nós.

Seus sentidos eram continuamente renovados e o mundo, para Ele, sempre era um mundo novo.

Para Ele, o balbuciar de um bebê não era menor que o grito de toda a humanidade, enquanto para nós é apenas balbucio.

Para Ele a raiz de ranúnculo era um anseio na direção de Deus, enquanto para nós não é nada além de uma raiz.

Urias, um ancião de Nazaré

ELE ERA UM ESTRANHO ENTRE NÓS

Ele era um estranho entre nós, e Sua vida era oculta por véus escuros.

Ele não seguia o caminho de nosso Deus, mas seguia o caminho dos impuros e infames.

Sua infância se revoltou e rejeitou o doce leite de nossa natureza.

Sua juventude se inflamou como a grama seca que queima à noite.

E quando Ele se tornou homem, tomou armas contra todos nós.

Homens assim são concebidos na maré vazante da bondade humana e nascidos nas tempestades profanas. E nas tempestades eles vivem um dia e então perecem para sempre.

Não se lembra Dele, um garoto arrogante, que discutia com nossos anciões eruditos e ria de sua dignidade?

E não se lembra de Sua juventude, quando ele vivia pelo serrote e pelo cinzel? Ele não acompanhava nossos filhos e filhas nos feriados. Ele caminhava sozinho.

E não retribuía as saudações daqueles que o cumprimentavam, como se Ele fosse superior a nós.

Eu mesmo O encontrei uma vez no campo e O cumprimentei, e Ele apenas sorriu, e em Seu sorriso vi arrogância e insulto.

Não muito depois, minha filha foi com seus companheiros aos vinhedos para colher uvas e falou com Ele, mas Ele não respondeu.

Ele falou apenas a todo o grupo de colhedores de uva, como se minha filha não estivesse entre eles.

Quando Ele abandonou Seu povo e se tornou vagante, transformou-se em nada além de um falastrão. Sua voz era como uma garra em nossa carne, e o som de Sua voz ainda é doloroso em nossa memória.

Ele falava apenas mal de nós e de nossos pais e antepassados. E Sua língua buscava nosso peito como uma flecha envenenada.

Assim era Jesus.

Se Ele fosse meu filho, eu O teria entregue às legiões romanas da Arábia e teria implorado para o capitão o colocar na linha de frente da batalha, para que o arqueiro inimigo O marcasse e me livrasse de Sua insolência.

Mas não tenho filho. E talvez deva ser grato. Pois se meu filho fosse um inimigo de seu próprio povo, e meus cabelos grisalhos agora buscassem o pó de tanta vergonha, minha barba branca seria humilhada?

Nicodemo, o poeta

Sobre os tolos e os malabaristas

Muitos são os tolos que dizem que Jesus permaneceu em Seu próprio caminho e se opôs a Si mesmo; que Ele não conhecia a própria mente e, na ausência desse conhecimento, confundiu a Si mesmo.

Muitas, de fato, são as corujas que não conhecem nenhuma música diferente de seu próprio pio.

Você e eu conhecemos os malabaristas de palavras que honrariam apenas um malabarista melhor, homens que carregam sua cabeça em cestas até a praça e as vendem ao primeiro comprador.

Conhecemos os pigmeus que abusam do homem-celeste. E sabemos o que a erva daninha diria do carvalho e do cedro.

Tenho pena deles por não poderem se erguer às alturas.

Tenho pena do espinheiro retorcido invejando o olmo que desafia as estações.

Mas a piedade, embora envolta no arrependimento de todos os anjos, não leva luz a eles.

Conheço o espantalho cujas roupas apodrecidas flutuam sobre o milho, mas ele próprio está morto para o milho e para o vento cantante.

Conheço a aranha sem asas que tece uma teia para todos os que voam.

Conheço os habilidosos, os sopradores de trompas e batedores de tambor, que, na abundância do próprio barulho, não conseguem ouvir a cotovia nem o vento leste na floresta.

Conheço aquele que rema contra toda corrente, mas nunca encontra sua fonte, que percorre todos os rios, mas nunca ousa ir ao mar.

Conheço aquele que oferece as mãos inábeis ao construtor do templo e, quando elas são rejeitadas, diz na escuridão de seu coração:

– Destruirei tudo o que for construído.

Conheço todos eles. São os homens que se opõem ao que Jesus disse certo dia, "Trago-lhes a paz" e, no outro, "Trago uma espada".

Não conseguem compreender que na verdade Ele disse:

– Trago a paz aos homens de boa vontade e coloco uma espada entre aquele que deseja a paz e aquele que deseja a espada.

Eles se pergutam se Aquele que disse, "Meu reino não é deste mundo", também disse, "A César o que é de César"; e não sabem que se realmente desejam ser livres para entrar no reino de sua paixão, não devem resistir ao porteiro de suas necessidades. Cabe-lhes de bom grado pagar o quinhão para entrar na cidade.

Há homens que dizem que Ele pregava a ternura, a bondade e o amor filial, no entanto, não ouviu Sua mãe e Seus irmãos quando eles O procuraram nas ruas de Jerusalém.

Eles não sabem que a mãe e os irmãos, em seu medo amoroso, desejavam que Ele retornasse à bancada do carpinteiro, enquanto Ele estava abrindo nossos olhos para a aurora de um novo dia.

Sua mãe e Seus irmãos O fariam viver na sombra da morte, mas Ele mesmo estava desafiando a morte naquele monte para viver em nossa memória desperta.

Conheço essas toupeiras que cavam túneis para lugar nenhum. Não são elas que acusam Jesus de se glorificar ao declarar à multidão, "Sou o caminho e a porta para a salvação", e até de se proclamar a vida e a ressurreição?

Mas Jesus não estava reivindicando mais do que o mês de maio reivindica em sua maré alta.

Não deveria Ele contar a verdade reluzente por ela reluzir demais?

De fato, Ele declarou ser o caminho, a vida e a ressurreição do coração; e eu mesmo sou uma testemunha de Sua verdade.

Lembra de mim, Nicodemo, que não acreditava em nada além das leis e decretos e vivia continuamente sujeito aos costumes?

Veja-me agora, um homem que caminha com a vida e ri com o Sol desde o primeiro momento em que ele sorri sobre a montanha até ele se entregar ao leito atrás das colinas.

Por que você hesita diante da palavra "salvação"? Eu mesmo, através Dele, obtive minha salvação.

Não me importo com o que me acontecer amanhã, pois sei que Jesus avivou meu sono e fez dos sonhos distantes meus colegas e companheiros de viagem.

Sou menos homem por acreditar em um homem maior?

As barreiras da carne e do osso caíram quando o Poeta da Galileia falou comigo; e fui possuído por um espírito e erguido às alturas, e em pleno ar minhas asas reuniram a música da paixão.

E mesmo quando desmontei do vento e minhas asas foram cortadas no Sinédrio, minhas costelas, minhas asas sem penas, mantiveram e protegeram a música. E nem toda a pobreza das terras baixas pôde roubar meu tesouro.

Já falei o suficiente. Deixe o surdo enterrar o cantarolar da vida em seus ouvidos mortos. Estou satisfeito com o som de Sua lira, que Ele segurava e tocava enquanto as mãos de Seu corpo estavam pregadas e sangrando.

José de Arimateia

Os dois riachos no coração de Jesus

Havia dois riachos correndo no coração do Nazareno: a corrente do parentesco com Deus, a quem ele chamava de Pai, e a corrente do êxtase, que Ele chamava de reino do mundo do Além.

Em minha solidão, pensei Nele e segui esses dois riachos de Seu coração. Nas margens de um encontrei minha própria alma; e, às vezes, minha alma era um mendigo e um andarilho, outras, uma princesa em seu jardim.

Então, segui o outro riacho em Seu coração e no caminho encontrei alguém que foi espancado e roubado de seu ouro, e ele sorriu. Além, vi o ladrão que o roubou, e havia lágrimas não derrubadas em seu rosto.

Então ouvi o murmúrio desses dois riachos também no meu peito e fiquei contente.

Quando visitei Jesus um dia antes que Pôncio Pilatos e os anciões colocassem as mãos Nele, conversamos bastante, e Lhe fiz muitas perguntas, e Ele respondeu às minhas indagações com gentileza; e quando O deixei, soube que Ele era o Senhor e Mestre desta Terra.

Faz tempo que nosso cedro caiu, mas sua fragrância persiste e sempre buscará os quatro cantos da Terra.

Georgus de Beirute

Sobre estrangeiros

Ele e Seus amigos estavam no bosque de pinheiros além da minha sebe, e Ele conversava com eles.

Fiquei perto da sebe e ouvi. E eu sabia quem Ele era, pois Sua fama atingira essas costas antes de Ele mesmo as visitar.

Quando Ele parou de falar, aproximei-me Dele e disse:
– Senhor, venha com esses homens e honre a mim e ao meu teto.

E Ele sorriu para mim e disse:
– Não hoje, meu amigo. Não hoje.

E havia uma bênção em Suas palavras, e Sua voz me envolveu como um manto em uma noite fria.

Então Ele se virou para os amigos e disse:
– Vejam um homem que não nos considera estranhos e, embora não nos tenha visto antes de hoje, pede para entrarmos por sua porta.

"Na verdade, em meu reino não há forasteiros. Nossa vida não é senão a vida de todos os outros homens, dada a nós para que conheçamos todos os homens e, com esse conhecimento, os amemos.

"Os atos de todos os homens não são senão nossos atos, tanto os ocultos quanto os revelados.

"Peço que não sejam apenas um, mas sim muitos, o proprietário e o sem-teto; o lavrador e o pardal, que come o grão antes que ele adormeça na terra; o doador, que dá com gratidão; e o receptor, que recebe com orgulho e reconhecimento.

"A beleza do dia não está apenas no que você vê, mas no que os outros veem.

"Por tudo isso escolhi vocês entre os muito que me escolheram."

Então Ele se voltou para mim novamente, sorriu e disse:

– Também digo essas coisas a você, e você também deve se lembrar delas.

Então supliquei e disse:

– Mestre, não vai visitar a minha casa?

E Ele respondeu:

– Conheço o seu coração, portanto, visitei sua casa maior.

E enquanto Ele se afastava com Seus discípulos, Ele disse:

– Boa noite, e que sua casa seja grande o bastante para abrigar todos os andarilhos da Terra.

Maria Madalena

Sua boca era como o coração da romã

Sua boca era como o coração da romã, e a sombra de Seus olhos eram profundas.

E Ele era gentil, como um homem ciente de sua própria força.

Em meus sonhos, vi os reis da Terra reverentes diante de Sua presença.

Eu falaria de Seu rosto, mas como posso?

Era como a noite sem a escuridão e como o dia sem os ruídos diurnos.

Era um rosto triste e era um rosto alegre.

E me lembro bem de como uma vez Ele ergueu Sua mão para o Céu, e Seus dedos separados eram como os galhos de um olmo.

E lembro Dele dando passos à noite. Não estava andando. Ele próprio era uma estrada sobre a estrada; como uma nuvem sobre a terra, que desce para refrescá-la.

Mas quando fiquei diante Dele e falei com Ele, Ele era um homem, e Seu rosto era poderoso de se ver. E Ele disse para mim:
— O que quer, Miriam?
Não respondi, mas minhas asas envolveram meu segredo e fiquei aquecida.
E como não consegui suportar mais Sua luz, virei-me e me afastei, mas não envergonhada. Eu estava apenas acanhada e queria ficar sozinha, com Seus dedos sobre as cordas do meu coração.

Jotã de Nazaré, para um romano

SOBRE VIVER E SER

Meu amigo, você, como todos os outros romanos, concebe a vida, em vez de vivê-la. Você governa terras em vez de ser governado pelo espírito.

Você conquista raças e é amaldiçoado por elas, em vez de permanecer em Roma e ser abençoado e feliz.

Você pensa apenas em exércitos marchando e em navios lançados ao mar.

Como então compreenderá Jesus de Nazaré, um homem simples e solitário, que veio sem exércitos ou navios, para estabelecer um reino no coração e um império nos espaços livres da alma?

Como compreenderá o homem que não era um guerreiro, mas que veio com a força do éter poderoso?

Ele não era um deus, era um homem como nós; mas Nele a mirra da terra se elevou para encontrar o olíbano do Céu; e em Suas palavras nosso balbucio abraçava o sussurrar do invisível; e em Sua voz ouvimos uma canção insondável.

Sim, Jesus era um homem e não um deus, e aí reside nossa admiração e nossa surpresa.

Mas vocês, romanos, não se maravilham senão com deuses, e nenhum homem os surpreende. Portanto, vocês não compreendem o Nazareno.

Ele pertencia à juventude da mente, e vocês pertencem à velhice.

Vocês nos governam hoje; mas esperemos mais um dia.

Quem sabe esse homem sem exércitos nem navios não governará amanhã?

Nós, que seguimos o Espírito, suaremos sangue enquanto viajarmos atrás Dele. Mas Roma jazerá como um esqueleto branco ao sol.

Sofreremos muito, entretanto, vamos resistir e viver. Mas Roma cairá no pó.

Entretanto, se Roma, humilhada e rebaixada, pronunciar Seu nome, Ele atenderá a sua voz. E soprará vida nova em seus ossos para que ela se erga novamente, uma cidade entre as cidades da Terra.

Mas isso Ele fará sem legiões, sem escravos, para remarem em suas galés. Ele estará sozinho.

Efraim de Jericó

A OUTRA FESTA DE CASAMENTO

Quando voltamos a Jericó, eu O procurei e Lhe disse:
— Mestre, amanhã meu filho vai se casar. Peço que venha à festa de casamento e nos honre, assim como honrou o casamento em Caná da Galileia.

E Ele respondeu:
— É verdade que no passado fui um convidado para um casamento, mas não serei novamente. Agora eu sou o Noivo.

E eu disse:
— Imploro-Lhe, Mestre, venha para a festa de casamento do meu filho.

E Ele sorriu como se fosse me repreender e respondeu:
— Por que implora? Não tem vinho suficiente?

E eu disse:
— Meus jarros estão cheios, Mestre; entretanto, suplico-Lhe, venha à festa de casamento do meu filho.

Então Ele disse:
— Quem sabe? Posso ir, posso certamente ir se o seu coração for um altar em seu templo.

No dia seguinte, meu filho se casou, mas Jesus não foi à festa de casamento. E embora tivéssemos muitos convidados, para mim era como se ninguém tivesse ido.

Na verdade, eu mesmo, que recepcionei os convidados, não estava lá.

Talvez meu coração não fosse um altar quando O convidei. Talvez eu desejasse outro milagre.

Barca, um mercador de Tiro

Sobre comprar e vender

Acredito que nem os romanos nem os judeus entendiam Jesus de Nazaré, nem Seus discípulos que agora pregam Seu nome.

Os romanos O mataram e isso foi um erro. Os galileus fizeram Dele um deus e isso foi um erro.

Jesus era o coração do homem.

Naveguei pelos Sete Mares com meus navios e negociei com reis e príncipes, e com embusteiros e ardilosos nas praças de cidades distantes; mas nunca vi um homem que compreendesse os mercadores como Ele.

Uma vez O ouvi contar esta parábola:

"Um mercador deixou seu país por uma terra estrangeira. Ele tinha dois servos e deu a cada um deles um pouco de ouro, dizendo:

– Enquanto eu estiver fora, vocês também devem partir e buscar lucro. Façam trocas justas e sirvam ao dar e ao receber.

"E após um ano o mercador retornou.

"E ele perguntou aos dois servos o que eles tinham feito com o ouro.

"O primeiro servo disse: 'Veja, Mestre, eu comprei, vendi e lucrei'.

"E o mercador respondeu: 'O lucro será seu, pois você trabalhou bem e foi leal a mim e a si'.

"Então, o outro servo se adiantou e disse: 'Senhor, fiquei com medo de perder seu dinheiro; não comprei nem vendi. Veja, está tudo aqui nesta bolsa'.

"E o mercador pegou o ouro e disse: 'Sua fé é pouca. Negociar e perder é melhor que não seguir adiante. Pois como o vento que espalha sua semente e espera pelos frutos, assim devem fazer todos os mercadores. É melhor que você sirva outros daqui em diante'."

Quando Jesus falou isso, embora não fosse mercador, Ele revelou o segredo do comércio.

Além disso, Suas parábolas sempre traziam à minha mente terras mais distantes que as das minhas viagens e, mesmo assim, mais próximas que a minha casa e meus bens.

Mas o jovem Nazareno não era um deus; e é uma pena que Seus seguidores tentem fazer um deus de tal sábio.

Fúmia, a suma sacerdotisa de Sídon

Uma invocação

Peguem as harpas e deixem-me cantar.
Toquem as cordas, de prata e de ouro;
Pois cantarei sobre o Homem destemido
Que matou o dragão do vale,
E depois olhou com piedade
Para o ser que Ele matou.

Peguem as harpas e cantem comigo
O sublime carvalho nas alturas,
O Homem com coração no Céu e mão de oceano,
Que beijou os lábios pálidos da morte,
Mas agora estremece na boca da vida.

Peguem as harpas e vamos cantar
Sobre o Caçador destemido na colina,

Que marcou a fera e atirou Sua flecha cega,
E derrubou o chifre e a presa
Na Terra.

Peguem as harpas e cantem comigo
O valoroso Jovem que conquistou as cidades da montanha,
E as cidades da planície que se enrolavam como serpentes na areia.

Ele não lutou contra pigmeus, mas contra deuses
Famintos de nossa carne e sedentos de nosso sangue.

E como o primeiro Falcão de Ouro
Ele rivalizava apenas com as águias;
Pois Suas asas eram amplas e orgulhosas
E não competiam com os menos capazes.

Peguem as harpas e cantem comigo
A alegre canção do oceano e do penhasco.
Os deuses estão mortos,
E ainda jazem inertes
Na ilha esquecida de um mar esquecido.
E Aquele que os matou senta-se sobre Seu trono.

Ele era apenas um jovem.
A primavera ainda não havia lhe dado toda a barba,
E Seu verão ainda era jovem em Seu campo.
Peguem as harpas e cantem comigo
Sobre a tempestade na floresta

Que parte o ramo seco e o galho sem folhas,
Mas também faz a raiz viva se aninhar mais profundamente no seio da terra.

Peguem as harpas e cantem comigo
A canção imortal de nosso Amado.
Não, minhas donzelas, detenham as mãos.
Deixem as harpas.
Não podemos cantá-Lo agora.
O sussurro fraco de nossa canção não consegue alcançar
Sua tempestade,
Nem perfurar a majestade de Seu silêncio.

Deixem as harpas e se reúnam ao meu redor,
E repetirei Suas palavras a vocês,
E contarei sobre Suas obras,
Pois o eco de Sua voz é mais profundo que a nossa paixão.

Benjamin, o escriba

Deixem os mortos enterrarem seus mortos

Disseram que Jesus era inimigo de Roma e da Judeia.

Mas eu digo que Jesus não era inimigo de nenhum homem e de nenhuma raça.

Eu O ouvi dizer:

— As aves do ar e os cumes das montanhas não estão cientes das serpentes em suas tocas escuras.

"Deixem os mortos enterrarem seus mortos. Sejam vocês mesmos entre os vivos e voem alto."

Não fui um de Seus discípulos. Fui apenas um dos muitos que seguiram atrás Dele para ver Seu rosto.

Ele olhou para Roma e para nós, que somos os escravos de Roma, como um pai olha para os filhos se divertindo com brinquedos e brigando entre si pelo maior deles. E Ele riu de Suas alturas.

Ele era maior que o Estado e que a raça; era maior que a revolução.

Era único e solitário e era um despertar.

Ele chorou todas as nossas lágrimas não derramadas e sorriu todas as nossas revoltas.

Nós sabíamos que estava em Seu poder nascer com todos os que ainda não haviam nascido e fazê-los ver, não com os olhos, mas com Sua visão.

Jesus era o início de um novo reino na Terra, e esse reino permanecerá.

Ele era o filho e o neto de todos os reis que construíram o reino do espírito.

E apenas os reis do espírito governaram nosso mundo.

Zaqueu

Sobre o destino de Jesus

Vocês acreditam no que ouvem. Acreditam no que não foi dito, pois o silêncio dos homens está mais perto da verdade que suas palavras.

Vocês perguntam se Jesus poderia ter escapado de Sua morte vergonhosa e salvado Seus seguidores da perseguição.

Eu respondo, Ele poderia ter escapado se quisesse, mas Ele não buscava a segurança nem se preocupava em proteger Seu rebanho dos lobos da noite.

Ele conhecia Seu destino e o futuro de Seus amigos constantes. Predisse e profetizou o que aconteceria a cada um de nós. Ele não buscou Sua morte; mas aceitou a morte como um lavrador cobrindo o milho com a terra aceita o inverno e então aguarda a primavera e a colheita; e como o construtor posiciona a maior pedra na fundação.

Éramos homens da Galileia e das encostas do Líbano. Nosso Mestre poderia ter-nos conduzido de volta a nosso país, para vivermos com Sua juventude nos jardins até a velhice chegar e nos sussurrar de volta para os anos.

Algo impedia o Seu retorno aos templos de nossas vilas, onde os outros estavam lendo os profetas e abrindo seus corações?

Ele poderia não ter dito: "Agora vou para o leste com o vento oeste", e assim nos dispensado com um sorriso nos lábios?

Sim, Ele poderia ter dito: "Voltem para o seu povo. O mundo não está pronto para mim. Retornarei daqui a mil anos. Ensinem seus filhos a aguardar meu retorno".

Ele poderia ter feito isso se quisesse.

Mas sabia que para construir o templo invisível precisava depositar Ele mesmo como pedra angular e nos colocar ao redor como pedrinhas cimentadas perto Dele.

Ele sabia que a seiva de Sua árvore deveria subir a partir das raízes, e derramou Seu sangue sobre as raízes; e para Ele não foi um sacrifício, e sim um ganho.

A morte é a reveladora. A morte de Jesus revelou Sua vida.

Se Ele tivesse escapado de vocês e de Seus inimigos, vocês seriam os conquistadores do mundo. Por isso Ele não escapou.

Apenas aquele que deseja tudo pode dar tudo.

Sim, Jesus poderia ter escapado de Seus inimigos e vivido até a velhice. Mas Ele conhecia a passagem das estações e Ele cantaria Sua canção.

Que homem, diante do mundo armado, não seria conquistado pelo momento em que poderia superar as eras?

E agora vocês perguntam quem, na verdade, matou Jesus, os romanos ou os sacerdotes de Jerusalém?

Nem os romanos nem os sacerdotes O mataram. O mundo inteiro se ergueu para honrá-Lo sobre aquele monte.

Jonatã

Entre os nenúfares

Certo dia minha amada e eu estávamos remando em um lago de água doce. E as colinas do Líbano assomavam diante de nós.

Aproximamo-nos dos salgueiros, e seus reflexos surgiram profundos à nossa volta.

E enquanto eu remava no barco, minha amada pegou o alaúde e cantou:

"Que flor além do lótus conhece a água e o sol?

Que coração além do coração do lótus conhecerá tanto a terra quanto o céu?

Veja, meu amor, a flor dourada que flutua entre o profundo e o elevado

Assim como você e eu flutuamos entre um amor que sempre existiu

E que para sempre existirá.

Mergulhe o remo, meu amor,

E deixe-me tocar as cordas.

Vamos seguir os salgueiros e não deixaremos os nenúfares.

Em Nazaré vive um Poeta, e Seu coração é como o lótus.

Ele visitou a alma da mulher,
Ele sabe que sua sede brota das águas,
E sua fome do Sol, embora seus lábios estejam alimentados.
Dizem que Ele caminha pela Galileia.
Eu digo que Ele rema conosco.
Não consegue ver Seu rosto, meu amor?
Não consegue ver onde o ramo do salgueiro e seu reflexo se encontram,
Que ele se movimenta quando nos movimentamos?

Amor, é bom conhecer a juventude da vida.
É bom conhecer sua alegria cantante.
Que você sempre tenha seu remo,
E eu meu alaúde,
Onde o lótus ri ao Sol,
E o salgueiro mergulha na água,
E a voz Dele está nas minhas cordas.

Mergulhe o remo, meu amor,
E deixe-me tocar as cordas.
Há um poeta em Nazaré
Que nos conhece e nos ama.
Mergulhe o remo, meu amor,
E deixe-me tocar as cordas."

Hannah de Betsaida

FALA DA IRMÃ DE SEU PAI

A irmã do meu pai nos deixou em sua juventude para morar em uma cabana ao lado do antigo vinhedo de seu pai.

Ela vivia sozinha, e as pessoas do campo a procuravam em suas doenças, e ela as curava com ervas verdes e com raízes e flores secas ao sol.

E eles a consideravam uma vidente; mas também havia aqueles que a chamavam de bruxa e feiticeira.

Um dia meu pai me disse:

– Leve esses pães de trigo para minha irmã, com esse jarro de vinho e essa cesta de uvas-passas.

E tudo foi posto nas costas de um potro, e segui a estrada até chegar ao vinhedo e à cabana da irmã do meu pai. E ela ficou contente.

Então, enquanto estávamos sentadas juntas na frescura do dia, um homem chegou pela estrada e cumprimentou a irmã de meu pai dizendo:

— Boa tarde, e que a bênção da noite esteja com você.

Ela se levantou e ficou admirada diante Dele, e disse:

— Boa tarde, senhor de todos espíritos bons e conquistador de todos espíritos maus.

O homem olhou para ela com olhos ternos e então seguiu adiante.

Mas eu ri em meu coração. Achei que a irmã do meu pai estava louca. Mas agora sei que ela não era louca. Fui eu que não entendi.

Ela estava ciente de meu riso, embora ele fosse oculto.

E ela falou, embora não estivesse zangada. Ela disse:

— Ouça, filha, preste atenção e guarde minha palavra na memória: o homem que passou agora, como a sombra de uma ave voando entre o Sol e a Terra, prevalecerá contra os Césares e o império dos Césares. Ele lutará com o touro coroado da Caldeia e o leão com cabeça de homem do Egito, e Ele os dominará; e Ele conquistará o mundo.

"Mas essa Terra sobre a qual Ele agora caminha se transformará em nada; e Jerusalém, que se assenta orgulhosamente sobre a montanha, será dispersada em fumaça pelo vento da desolação."

Quando ela assim falou, meu riso se transformou em silêncio e fiquei quieta. Então eu disse:

— Quem é esse homem, e de que país e tribo Ele vem? E como Ele poderá conquistar os grandes reis e os impérios dos grandes reis?

E ela respondeu:

— Ele nasceu aqui nesta Terra, mas nós O concebemos em nossos anseios desde o início dos tempos. Ele é de todas as tribos e de nenhuma. Ele conquistará pela palavra de Sua boca e pela chama de Seu espírito.

Então ela se ergueu subitamente e ficou ereta como um pináculo rochoso; e continuou:

– Que o anjo do Senhor me perdoe por também pronunciar estas palavras: Ele será morto e Sua juventude será amortalhada, e Ele jazerá em silêncio próximo ao coração mudo da Terra. E as donzelas da Judeia chorarão por Ele.

Ela ergueu a mão para cima e falou novamente, e disse:
– Mas Ele será morto apenas no corpo.

"No espírito, Ele se erguerá e seguirá liderando Sua multidão desta Terra onde o Sol nasce até a Terra onde o Sol se põe, ao entardecer.

"E Seu nome será o primeiro entre os homens."

Ela era uma vidente idosa quando disse essas coisas, e eu era apenas uma menina, um campo não lavrado, uma pedra ainda fora do muro.

Mas tudo o que ela viu no espelho de sua mente aconteceu em meus dias.

Jesus de Nazaré ressuscitou dentre os mortos e liderou homens e mulheres até o povo do poente. A cidade que O entregou ao julgamento foi entregue à destruição; e na sala do julgamento onde Ele foi julgado e sentenciado, a coruja pia um canto fúnebre enquanto a noite chora o orvalho de seu coração sobre o mármore caído.

E eu sou uma mulher idosa, e os anos me vergam. Meu povo não mais existe e minha raça desapareceu.

Eu O vi apenas mais uma vez após aquele dia e mais uma vez ouvi Sua voz. Foi no cume de um monte quando Ele conversava com Seus amigos e seguidores.

E agora sou velha e só, mas Ele ainda visita os meus sonhos.

Ele vem como um anjo branco com asas; e com Sua graça silencia o meu medo da escuridão. E Ele me eleva a sonhos ainda mais distantes.

Ainda sou um campo não lavrado, uma fruta madura que não quer cair. Meu maior bem é o calor do Sol e a lembrança daquele homem.

Sei que entre o meu povo não se erguerá mais nem rei, nem profeta, nem sacerdote, assim como a irmã de meu pai predisse.

Seguiremos com a corrente dos rios e não seremos nomeados.

Mas aqueles que cruzaram com Ele no meio da corrente serão lembrados por terem cruzado com Ele no meio da corrente.

Manassés

Sobre o discurso e os gestos de Jesus

Sim, eu costumava ouvi-Lo falar. Sempre havia uma palavra pronta em Seus lábios.

Mas eu O admirava mais como homem do que como líder. Ele pregava algo além do meu gosto, talvez além da minha razão. E eu não aceitava homem nenhum pregando para mim.

Fui tomado por Sua voz e Seus gestos, não pela substância de Seu discurso. Ele me encantou, mas nunca me convenceu; pois era vago demais, distante e obscuro demais para atingir minha mente.

Conheci outros homens como Ele. Eles nunca são constantes nem consistentes. É com eloquência e não com princípios que eles prendem seu ouvido e seu pensamento passageiro, mas nunca o âmago do seu coração.

É uma pena que Seus inimigos O tenham confrontado e forçado à questão. Não era necessário. Acredito que a hostilidade deles aumentará Sua estatura e transformará Sua brandura em poder.

Pois não é estranho que ao se opor a um homem você Lhe dê coragem? E ao imobilizar Seus pés você Lhe dê asas?

Não conheço Seus inimigos, mas estou certo de que, em seu medo de homem inofensivo, eles Lhe deram força e O tornaram perigoso.

Jefta de Cesareia

Um homem farto de Jesus

Esse homem que preenche o seu dia e assombra a sua noite me é repelente. Mesmo assim, vocês cansam meus olhos com Seus ditos e minha mente com Suas obras.

Estou cansado de Suas palavras e de tudo o que Ele fez. Seu próprio nome me ofende, assim como o nome de Sua terra. Não quero nada Dele.

Por que tornar profeta um homem que era apenas sombra? Por que ver uma torre nessa duna de areia ou imaginar um lago nas gotas de chuva acumuladas nessa pegada?

Não desprezo o eco das cavernas nos vales nem as sombras longas do poente; mas não ouvirei os enganos que zumbem na sua cabeça, nem estudarei os reflexos em seus olhos.

Que palavra Jesus pronunciou que Hilel não disse? Que sabedoria Ele revelou que não fosse de Gamaliel? O que são Seus balbucios em comparação à voz de Filo? Que címbalos Ele bateu que não foram batidos antes mesmo de Ele existir?

Ouço o eco das cavernas nos vales silenciosos e observo as longas sombras do poente; mas não admito que o coração desse Homem ecoe o som de outro coração, nem quero ver uma sombra dos videntes se autodenominar um profeta.

Que homem falará desde que Isaías falou? Quem ousa cantar desde Davi? E pode a sabedoria nascer agora, depois que Salomão foi convocado pelos seus pais?

E os nossos profetas, cujas línguas eram espadas e os lábios, chamas?

Deixaram migalhas para trás para esse catador da Galileia? Ou uma fruta caída para o mendigo do País do Norte? Não havia nada para Ele além de partir o pão já assado por nossos ancestrais e servir o vinho que os pés sagrados deles já haviam espremido das uvas do passado.

É a mão do oleiro que eu honro, não o homem que compra o objeto.

Honro aqueles que sentam no tear e não o camponês que veste o tecido.

Quem era esse Jesus de Nazaré, e o que é Ele? Um homem que não ousou viver Sua mente. Assim, ele desapareceu no esquecimento e esse foi Seu fim.

Peço-lhe, não encha meus ouvidos com Suas palavras ou Suas ações. Meu coração está cheio demais com os profetas do passado, e isso é suficiente.

João, o discípulo amado

Sobre Jesus, a Palavra

Querem que eu fale de Jesus, mas como posso atrair a canção da paixão do mundo em um caniço oco?

Em cada aspecto do dia, Jesus estava ciente do Pai. Ele O via nas nuvens e nas sombras das nuvens que passavam sobre a Terra. Ele via o rosto do Pai refletido em poças tranquilas e a leve pegada Dele sobre a areia; e muitas vezes Ele fechava os olhos para olhar nos Olhos Sagrados.

A noite Lhe falava com a voz do Pai, e na solidão Ele ouvia o anjo do Senhor convocando-O. E quando se acalmava para dormir, ouvia os sussurros dos paraísos em Seus sonhos.

Ele sempre ficava feliz conosco e nos chamava de irmãos.

Veja, Ele, que foi a primeira Palavra, nos chamava de irmãos, embora fôssemos apenas sílabas proferidas ontem.

Você pergunta por que eu O chamo de primeira Palavra.

Ouça, responderei:

No início, Deus se movia no espaço, e de sua agitação imensurável nasceu a Terra e suas estações.

Então, Deus se movimentou novamente, e a vida jorrou, e o anseio da vida buscou as alturas e as profundezas e quis ter mais de si.

Então, Deus falou, e suas palavras eram o homem, e o homem era um espírito gerado pelo Espírito de Deus.

E quando Deus assim falou, Cristo foi a Sua primeira Palavra, e essa Palavra era perfeita; e quando Jesus de Nazaré veio ao mundo, a primeira Palavra foi proferida para nós e o som criou a carne e o sangue.

Jesus, o Ungido, foi a primeira Palavra de Deus dita ao homem, assim como uma macieira em um pomar cria botões e floresce um dia antes das outras árvores. E no pomar de Deus aquele dia era uma eternidade.

Somos todos filhos e filhas do Altíssimo, mas o Ungido foi Seu primogênito, que habitava o corpo de Jesus de Nazaré, e Ele andou entre nós e nós O vimos.

Digo tudo isso para que compreenda não apenas na mente, mas também no espírito. A mente pesa e mede, mas é o espírito que alcança o coração da vida e abraça o segredo; e a semente do espírito é imortal.

O vento pode soprar e então cessar. E o mar pode subir e depois se acalmar, mas o coração da vida é uma esfera tranquila e serena, e a estrela que ali brilha está fixada para todo o sempre.

Manus, o pompeiano, a um grego

Sobre as divindades semíticas

Os judeus, como seus vizinhos fenícios e árabes, não deixam que seus deuses descansem nem por um instante sobre o vento.

São zelosos demais com suas divindades e observadores demais com orações, cultos e sacrifícios alheios.

Enquanto nós, romanos, construímos templos de mármore para nossos deuses, essas pessoas discutem a natureza de seu deus. Quando estamos em êxtase, cantamos e dançamos ao redor dos altares de Júpiter e Juno, Marte e Vênus; mas em seu arrebatamento eles vestem trapos e cobrem a cabeça com cinzas – e até lamentam o dia que lhes deu à luz.

E Jesus, o homem que revelou Deus como um Ser de alegria, eles O torturaram e O levaram à morte.

Essas pessoas não ficariam alegres com um deus alegre. Conhecem apenas os deuses de sua dor.

Até os amigos e discípulos de Jesus, que conheciam Sua alegria e ouviram Seu riso, criaram uma imagem de Sua dor e adoram essa imagem.

E nessa adoração eles não se elevam até sua divindade; apenas abaixam a divindade ao nível deles.

Acredito, entretanto, que esse filósofo, Jesus, que não era diferente de Sócrates, terá poder sobre Sua raça e talvez sobre outras raças.

Pois somos todos criaturas da tristeza e das pequenas dúvidas. E quando um homem diz para nós, "Vamos ser alegres com os deuses", não conseguimos não prestar atenção em sua voz. Estranho que a dor desse homem tenha sido transformada em um rito.

Essas pessoas descobrirão outro Adônis, um deus morto na floresta, e celebrarão sua morte. É uma pena que não deem atenção ao Seu sorriso.

Mas vamos confessar, como romano a um grego. Ouvimos mesmo o riso de Sócrates nas ruas de Atenas? Conseguiremos esquecer a taça de cicuta, mesmo no teatro de Dionísio?

Nossos pais ainda não gostam de parar nas esquinas para conversar sobre problemas e ter um momento alegre lembrando-se do triste fim de todos os nossos grandes homens?

Pôncio Pilatos

Sobre ritos e cultos orientais

Minha mulher muitas vezes me falou Dele antes que Ele fosse trazido diante de mim, mas não me preocupei.

Minha mulher é uma sonhadora e tem atração, como tantas mulheres romanas de sua classe, por cultos e rituais orientais. E esses cultos são perigosos para o Império; e quando encontram um caminho até o coração de nossa mulher, eles se tornam destrutivos.

O Egito chegou ao fim quando os hicsos[2] da Arábia levaram até lá o Deus de seu deserto. E a Grécia foi dominada e virou pó quando Astarte[3] e suas sete donzelas vieram das costas sírias.

Quanto a Jesus, nunca havia visto o homem antes de Ele ser entregue a mim como malfeitor, como inimigo de Sua própria nação e também de Roma.

---

[2] Povo asiático que invadiu o Delta do Nilo durante a décima segunda dinastia do Egito.
[3] Mais importante deusa fenícia.

Ele foi trazido ao Salão do Julgamento com os braços presos no corpo com cordas.

Eu estava sentado sobre a plataforma, e Ele caminhou até mim com passos largos e firmes; Ele se postou ereto e Sua cabeça estava erguida.

E não consigo entender o que deu em mim naquele momento; mas, de repente, meu desejo, mas não minha vontade, era levantar, descer da plataforma e cair diante Dele.

Senti como se César tivesse entrado no salão, um homem maior que a própria Roma.

Mas isso durou apenas um instante. Então vi simplesmente um homem acusado de traição por Seu próprio povo. E eu era Seu governador e Seu juiz.

Eu O interroguei, mas Ele não respondeu. Apenas olhou para mim. E em Seu olhar havia piedade, como se fosse Ele o meu governador e meu juiz.

Então de fora ergueram-se os gritos do povo. Mas Ele permaneceu em silêncio e ainda me olhava com piedade nos olhos.

Saí para a escada do palácio, e quando as pessoas me viram, pararam de gritar. E eu disse:

– O que querem com Esse homem?

E elas gritaram como se fosse com uma só garganta:

– Queremos crucificá-Lo. Ele é nosso inimigo e inimigo de Roma.

E alguns gritaram:

– Ele não disse que destruirá o templo? E não foi Ele que reivindicou o reino? Não teremos outro rei senão César.

Então os deixei e voltei ao salão de julgamento e O vi ainda de pé ali, sozinho, com a cabeça ainda erguida.

Lembrei-me do que li que um filósofo grego disse: "O homem solitário é o homem mais forte". Naquele momento o Nazareno era maior que Sua raça.

E não senti clemência por Ele. Ele estava além da minha clemência.

Perguntei-Lhe:

– Você é o Rei dos Judeus?

E Ele não disse nada.

E perguntei novamente:

– Você não disse que é o Rei dos Judeus?

E Ele olhou para mim.

Então Ele me respondeu com uma voz tranquila:

– Você mesmo me proclamou rei. Talvez para esse fim eu tenha nascido e por essa causa vim dar testemunho da verdade.

Imagine um homem falando sobre a verdade em tal momento.

Em minha impaciência, disse em voz alta, para mim tanto quanto para Ele:

– O que é a verdade? E o que é a verdade para o inocente quando a mão do carrasco já está sobre ele?

Então Jesus disse com poder:

– Ninguém deve governar o mundo senão com o Espírito e a Verdade.

E eu Lhe perguntei:

– Você é do Espírito?

Ele respondeu:

– Você também é, embora não o saiba.

E o que era o Espírito e o que era a Verdade, quando eu, pelo bem do Estado, e eles por zelo por seus ritos antigos, entregamos um homem inocente à morte?

Nenhum homem, nenhuma raça, nenhum império se deteria diante de uma Verdade em seu caminho de autor-realização.

E eu disse novamente:
– Você é o Rei dos Judeus?
E Ele respondeu:
– Você é quem diz isso. Eu conquistei o mundo antes dessa hora.

E de tudo o que ele dissera, apenas isso era impróprio, pois apenas Roma havia conquistado o mundo.

Mas agora a voz do povo voltava a se erguer, e o clamor era maior do que antes.

Desci de meu assento e disse a Ele:
– Siga-me.

E voltei a aparecer na escada do palácio, e Ele ficou ali ao meu lado.

Quando as pessoas O viram, elas rugiram como um trovão retumbante. E em seu clamor não ouvi nada além de "Crucifique-O, crucifique-O".

Então entreguei-O aos sacerdotes, que O entregaram a mim e lhes disse:
– Façam o que quiserem com esse homem justo. E se for seu desejo, levem com vocês soldados de Roma para guardá-Lo.

Então eles O levaram, e decretei o que deveria ser escrito na cruz sobre Sua cabeça, "Jesus de Nazaré, Rei dos Judeus". Em vez disso, eu deveria ter escrito "Jesus de Nazaré, um Rei".

E o homem foi despido, flagelado e crucificado.

Estava em meu poder salvá-Lo, mas salvá-Lo provocaria uma revolução; e é sempre sábio que o governador de uma província de Roma não seja intolerante com os escrúpulos religiosos de uma raça conquistada.

Acredito até esta hora que o homem era mais que um agitador. O que decretei não foi de minha vontade, mas foi pelo bem de Roma.

Não muito depois, deixamos a Síria, e a partir daquele dia minha mulher se tornou uma mulher infeliz. Às vezes, mesmo aqui neste jardim, vejo a tragédia em seu rosto.

Disseram-me que ela fala muito sobre Jesus às outras mulheres de Roma.

Veja, o homem cuja morte decretei retorna do mundo de sombras e entra em minha própria casa.

E dentro de mim volto a me perguntar, o que é Verdade e o que não é?

É possível que o sírio esteja nos conquistando nas horas silenciosas da noite?

Não deve ser assim.

Pois Roma precisa prevalecer contra os pesadelos de nossas mulheres.

Bartolomeu em Éfeso

Sobre escravos e proscritos

Os inimigos de Jesus dizem que Ele dirigiu Seu apelo a escravos e proscritos e os incitou contra seus senhores. Dizem que, como Ele era de classe baixa, invocou Seus semelhantes, mas buscou esconder Sua própria origem.

Mas vamos considerar os seguidores de Jesus e Sua liderança.

No início Ele escolheu como companheiros alguns homens do País do Norte, que eram homens livres. Eram fortes de corpo e ousados de espírito e, nesses últimos quarenta anos, tiveram a coragem de enfrentar a morte com disposição e desafio.

Acha que esses homens eram escravos ou proscritos?

E acha que os príncipes orgulhosos do Líbano e da Armênia se esqueceram de suas posições ao aceitar Jesus como um profeta de Deus?

Ou acha que os homens e mulheres bem-nascidos de Antioquia, Bizâncio, Atenas e Roma podiam ser detidos pela voz de um líder de escravos?

Não, o Nazareno não estava com o servo contra o mestre; nem com o mestre contra o servo. Não estava com nenhum homem contra outro homem.

Ele era um Homem acima dos homens, e os córregos que corriam por Sua força cantavam juntos com paixão e poder.

Se nobreza significa ser protetor, Ele era o mais nobre de todos os homens. Se a liberdade está no pensamento, na palavra e na ação, Ele era o mais livre de todos os homens. Se o nascimento de classe está no orgulho que se detém apenas diante do amor e do distanciamento que é sempre gentil e gracioso, Ele era o mais bem-nascido de todos os homens.

Não se esqueça de que apenas os fortes e ágeis vencerão a corrida e receberão os louros, e que Jesus foi coroado por aqueles que O amavam e também por Seus inimigos, embora estes não o soubessem.

Mesmo agora Ele é coroado todos os dias pelas sacerdotisas de Ártemis nos locais secretos de seu templo.

Mateus

SOBRE JESUS
JUNTO AO MURO
DA PRISÃO

Certa tarde, Jesus passou por uma prisão que ficava na Torre de Davi. E nós caminhávamos atrás Dele.

De repente, Ele se deteve e colocou a face contra as pedras do muro da prisão. E assim Ele disse:

– Irmãos dos meus primeiros dias, meu coração bate com o coração de vocês atrás das grades. Gostaria que pudessem ser livres em minha liberdade e que caminhassem comigo e com os meus companheiros.

"Vocês estão confinados, mas não sozinhos. Muitos são os prisioneiros que caminham nas ruas abertas. Suas asas não são podadas, porém, como o pavão, elas flutuam, mas não conseguem voar.

"Irmãos de meu segundo dia, logo os visitarei em suas celas e entregarei meu ombro ao seu fardo. Pois o inocente e o culpado não estão separados e, como os dois ossos do antebraço, nunca devem ser cortados.

"Irmãos deste dia, que é o meu dia, vocês nadaram contra a corrente da razão deles e foram pegos. Dizem que eu também devo nadar contra aquela corrente. Talvez eu logo esteja com vocês, um violador da lei entre violadores da lei.

"Irmãos de um dia que ainda não chegou, estes muros cairão, e das pedras outras formas serão criadas por Ele, cujo bastão é leve e o cinzel é o vento, e vocês serão livres na liberdade de meu novo dia."

Assim falou Jesus, e seguiu andando, e Sua mão tocou no muro da prisão até ele passar pela Torre de Davi.

André

Sobre prostitutas

A amargura da morte é menos amarga que a vida sem Ele. Os dias foram aquietados e imobilizados quando Ele foi silenciado. Apenas o eco em minha memória repete Suas palavras. Mas não Sua voz.

Uma vez O ouvi dizer:
— Siga em seu anseio aos campos e sente-se em meio aos lírios que os ouvirá sussurrando ao sol. Eles não tecem tecidos para roupas, nem erguem madeira ou pedra para abrigos; mesmo assim, cantam.

"Aquele que trabalha à noite supre suas necessidades, e o orvalho de Sua graça está sobre suas pétalas.

"E você também não é o Seu cuidado que nunca se cansa nem repousa?"

E uma vez O ouvi dizer:
— As aves do Céu são contadas e listadas pelo Seu Pai assim como os fios de seu cabelo são numerados. Nenhuma ave deve jazer aos pés do arqueiro, nem um cabelo de sua cabeça se tornar grisalho e cair no vazio pela idade, contra a Sua vontade.

E mais uma vez Ele disse:

– Eu os ouvi murmurar no coração: "Nosso Deus deve ser mais piedoso conosco, filhos de Abraão, do que com aqueles que não O conheciam no início".

"Mas digo a vocês que o proprietário do vinhedo que convoca um trabalhador para ceifar de manhã e chama outro no poente, pagando o mesmo ao último que ao primeiro, sem dúvida está justificado. Ele não paga de sua própria bolsa e com sua própria vontade?

"Assim, meu Pai abrirá o portão de Sua mansão com o bater dos gentios assim como com o seu bater. Pois Seu ouvido escuta a nova melodia com o mesmo amor que ouve a música sempre ouvida. E com boas-vindas especiais, porque é a mais nova corda de Seu coração."

E mais uma vez O ouvi dizer:

– Lembrem-se disso: um ladrão é um homem em dificuldades, um mentiroso é um homem com medo; o caçador caçado pelo vigia de nossa noite também é caçado pelo vigia de sua própria escuridão.

"Gostaria que tivessem piedade de todos.

"Se eles buscarem sua casa, abram a porta e os convidem para se sentar à mesa. Se vocês não os aceitarem, não ficarão livres do que eles cometeram."

E um dia eu O segui à praça de Jerusalém com outros que O seguiam. E Ele nos contou a parábola do filho pródigo e a parábola do mercador que vendeu todas as suas posses para poder comprar uma pérola.

Mas enquanto Ele estava falando, os fariseus trouxeram para o meio da multidão uma mulher a quem chamavam de prostituta. E confrontaram Jesus, dizendo-Lhe:

– Ela quebrou seu voto de casamento e foi pega no ato.

Ele olhou para ela; e colocou Sua mão sobre sua testa, e olhou profundamente em seus olhos.

Então se virou para os homens que a levaram a Ele e olhou longamente para eles; e Ele se abaixou e, com o dedo, começou a escrever na terra.

Escreveu o nome de todos os homens e, ao lado do nome, o pecado que cada um havia cometido.

E enquanto Ele escrevia, eles fugiram envergonhados pelas ruas.

E antes que Ele terminasse de escrever, apenas a mulher e nós permanecíamos diante Dele.

E novamente Ele olhou nos olhos dela e disse:

– Você amou demais. Eles, que a trouxeram aqui, amaram pouco. Mas a trouxeram como uma isca para a minha armadilha.

"E agora vá em paz.

"Nenhum deles está aqui para julgá-la. E se desejar ser sábia, assim como é amorosa, pode me procurar; pois o Filho do Homem não vai julgá-la." E me perguntei então se Ele lhe disse isso porque Ele mesmo não era livre de pecado.

Mas desde aquele dia refleti bastante e agora sei que apenas os puros de coração perdoam a sede que conduz a águas estagnadas.

E apenas os com passos firmes podem apoiar aquele que tropeça.

E repetidas vezes eu digo, a amargura da morte é menos amarga que a vida sem Ele.

Um homem rico

Sobre propriedades

Ele falava mal dos homens ricos. E certo dia eu O questionei, dizendo:

— Senhor, o que devo fazer para obter paz de espírito?

E ele me mandou dar meus pertences aos pobres e segui-Lo.

Mas Ele não possuía nada; assim, não conhecia a segurança e a liberdade da propriedade, nem a dignidade e o respeito próprio que elas proporcionam.

Em minha casa há cento e quarenta escravos e criados; alguns trabalham em meus pomares e vinhedos, outros navegam com meus navios para ilhas distantes.

Agora, se eu tivesse Lhe obedecido e dado meus bens aos pobres, o que aconteceria com meus escravos e criados e suas esposas e filhos? Eles também teriam se tornado mendigos no portão da cidade ou no pórtico do templo.

Não, aquele homem bom não entendia o segredo dos bens. Como Ele e Seus seguidores viviam da generosidade dos outros, Ele achava que todos os homens deviam viver assim.

Veja uma contradição e um enigma: devem os ricos doar suas riquezas aos pobres, e devem os pobres ter a taça e o pão dos ricos antes de o convidarem à sua mesa?

E deve o senhor da torre ser anfitrião de seus arrendatários antes de ele se considerar senhor de sua própria terra?

A formiga que armazena comida para o inverno é mais sábia que um gafanhoto que canta em um dia e passa fome no outro.

No último Sabbath, um de Seus seguidores disse na praça:

– Na soleira do paraíso onde Jesus pode deixar Suas sandálias, nenhum outro homem é digno de deitar a cabeça.

Mas eu pergunto, na soleira da casa de quem aquele vagante honesto poderia ter deixado Suas sandálias? Ele nunca teve uma casa nem uma soleira; e muitas vezes Ele andava sem sandálias.

João em Patmos

Jesus,
O BENEVOLENTE

Mais uma vez falarei sobre Ele.

Deus me deu a voz e os lábios em chamas, mas não o discurso.

E indigno sou da palavra mais plena, no entanto, convocarei meu coração aos meus lábios.

Jesus me amava e eu não sabia por quê.

E eu O amava porque Ele elevava meu espírito a alturas além de minha estatura e a profundezas além de minhas ações.

O amor é um mistério sagrado.

Para aqueles que amam, ele permanece eternamente sem palavras.

Mas para aqueles que não amam, ele pode ser apenas uma brincadeira cruel.

Jesus me convocou e a meu irmão quando trabalhávamos no campo.

Eu era jovem então, e apenas a voz da aurora havia visitado meus ouvidos.

Mas Sua voz e o trompete de Sua voz eram o fim do meu trabalho e o início da minha paixão.

E não havia nada para mim então além de caminhar ao sol e adorar a beleza da hora.

Consegue conceber uma majestade gentil demais para ser majestosa? E uma beleza radiante demais para ser bela?

Consegue ouvir em seus sonhos uma voz constrangida pelo próprio êxtase?

Ele me chamou e eu O segui.

Naquela noite, retornei à casa de meu pai para pegar minha outra capa.

E disse à minha mãe: "Jesus de Nazaré me quer em Sua companhia".

E ela respondeu: "Siga Seu caminho, meu filho, como o seu irmão".

E eu O acompanhei.

Sua fragrância me convocava e me comandava, mas apenas para me libertar.

O amor é um anfitrião benevolente para seus hóspedes, embora para os não convidados sua casa seja uma miragem e uma zombaria.

Agora querem que eu explique os milagres de Jesus.

Somos todos o gesto miraculoso do momento; nosso Senhor e Mestre era o centro daquele momento.

No entanto, não era Seu desejo que Seus gestos fossem conhecidos.

Ouvi-O dizer ao aleijado:

– Levante e vá para casa, mas não diga ao sacerdote que eu o curei.

E a mente de Jesus não estava com o coxo; estava com o forte e o ereto.

Sua mente buscava e capturava outras mentes, e Seu espírito completo visitava outros espíritos.

E, ao fazer isso, Seu espírito mudava essas mentes e esses espíritos.

Parecia miraculoso, mas com nosso Senhor e Mestre era simples como respirar o ar de todos os dias.

E agora, deixe-me falar de outras coisas.

Certo dia, quando Ele e eu estávamos sozinhos caminhando em um campo; ficamos ambos com fome e nos aproximamos de uma macieira silvestre.

Havia apenas duas maçãs pendendo do ramo.

Ele agarrou o tronco da árvore com o braço e a sacudiu, e as duas maçãs caíram.

Ele pegou as duas e deu uma para mim. A outra Ele segurou na mão.

Com fome, comi a maçã, rapidamente.

Então olhei para Ele e vi que Ele ainda segurava a outra maçã na mão.

E ele me deu, dizendo:

– Coma esta também.

E eu peguei a maçã e, com minha fome desavergonhada, comi.

Enquanto caminhávamos, olhei para o Seu rosto.

Mas como posso falar sobre o que vi?

Uma noite em que velas queimam no espaço,

Um sonho além de nosso alcance.

Um meio-dia em que todos os pastores estão em paz e felizes que seus rebanhos estão pastando;
Um entardecer, uma calma, um regresso à casa;
Então o sono e um sonho.
Tudo isso eu vi em Seu rosto.
Ele tinha me dado as duas maçãs. E eu sabia que Ele estava tão faminto quanto eu.
Mas agora sei que ao dá-las para mim Ele ficou satisfeito.
Ele próprio comeu outra fruta de outra árvore.
Eu contaria mais sobre Ele, mas como posso?
Quando o amor se torna vasto, ele se torna sem palavras.
E quando a memória fica sobrecarregada, ela busca a profundeza silenciosa.

Pedro

Sobre o próximo

Certa vez, em Cafarnaum, meu Senhor e Mestre falou assim:
– O próximo é o seu outro eu que habita atrás da parede. Com a compreensão, todas as paredes cairão.
"Quem sabe o seu próximo é seu eu melhor em outro corpo? Ame-o como você ama a si próprio.
"Ele também é uma manifestação do Altíssimo, que você não conhece.
"O próximo é um campo onde as primaveras da sua esperança caminham em vestes verdes e onde os invernos de seu desejo sonham com alturas nevadas.
"O próximo é um espelho onde você contempla o seu reflexo tornado belo por uma alegria que você mesmo não conhece e por uma tristeza que você mesmo não compartilha.
"Quero que amem o próximo assim como amei vocês."
Então perguntei a Ele, dizendo:
– Como posso amar alguém que não me ama e que cobiça minha propriedade? Alguém que roubaria meus bens?
E Ele respondeu:

— Quando você está arando, e seu criado está plantando a semente atrás de você, você pararia, se voltaria e expulsaria um pardal se alimentando de algumas das suas sementes? Se fizer isso, é indigno das riquezas de sua colheita."

Quando Jesus disse isso, fiquei envergonhado e me calei. Mas não tive medo, pois Ele sorria para mim.

Um sapateiro em Jerusalém

UMA PESSOA INDIFERENTE

Eu não O amava, mas não O odiava. Eu O escutava não para ouvir Suas palavras, mas para ouvir o som de Sua voz; pois Sua voz me agradava.

Tudo o que Ele dizia era vago para minha mente, mas a música decorrente era clara para meu ouvido.

Na verdade, se não fosse pelo que os outros me disseram sobre Seus ensinamentos, eu não saberia nem se Ele estava a favor da Judeia ou contra ela.

Suzana de Nazaré

SOBRE A JUVENTUDE E A VIDA ADULTA DE JESUS

Conheci Maria, a mãe de Jesus, antes de ela se tornar esposa de José, o carpinteiro, quando nós duas ainda éramos solteiras.

Naqueles dias, Maria tinha visões, e ouvia vozes, e falava em ministros celestiais que a visitavam em sonhos.

E o povo de Nazaré estava ciente dela e a observava chegando e partindo. E contemplavam sua testa e os espaços em seus passos.

Mas alguns diziam que ela estava possuída. Diziam isso porque ela cuidava apenas de seus próprios assuntos.

Eu a considerava idosa, embora ela fosse jovem, pois havia uma colheita em seu florescer e frutas maduras em sua primavera.

Ela nasceu e cresceu entre nós, mas era como se fosse uma estrangeira do País do Norte. Em seus olhos havia sempre a surpresa de alguém ainda não familiarizado com o nosso rosto.

E ela era tão orgulhosa quanto a Miriam antiga que marchava com seus irmãos do Nilo ao deserto.

Então Maria se casou com José, o carpinteiro.

Quando Maria estava grávida de Jesus, ela caminhava entre as montanhas e voltava ao entardecer com beleza e dor nos olhos.

E quando Jesus nasceu, disseram-me que Maria falou para a mãe:

– Sou apenas uma árvore não podada. Cuide deste fruto.

– Marta, a parteira, ouviu.

Após três dias eu a visitei. E havia assombro em seus olhos, e seus seios estavam cheios, e seu braço abraçava o primogênito como a concha que envolve a pérola.

Todos nós amávamos o bebê de Maria e O observávamos, pois havia calor em Seu ser e Ele vibrava com o ritmo de Sua vida.

As estações passaram, e Ele se tornou um menino cheio de riso e pequenas andanças. Nenhum de nós sabia o que Ele faria, pois Ele sempre parecia alheio à nossa raça. Mas Ele nunca era repreendido, embora fosse travesso e ousado.

Ele brincava com as outras crianças em vez de elas brincarem com Ele.

Quando Ele tinha doze anos, um dia conduziu um homem cego pelo riacho até a segurança da estrada aberta.

E, agradecido, o homem cego perguntou:

– Menininho, quem é você?

E Ele respondeu:

– Não sou um menininho. Sou Jesus.

E o homem cego disse:
— Quem é o seu pai?
E Ele respondeu:
— Meu pai é Deus.
E o homem cego riu e respondeu:
— Muito bem, meu menininho. Mas quem é sua mãe?
E Jesus respondeu:
— Não sou seu menininho. E minha mãe é a terra.
E o homem cego disse:
— Então, veja, fui conduzido através do riacho pelo Filho de Deus e da terra.
E Jesus respondeu:
— Vou conduzi-lo aonde quer que vá, e meus olhos acompanharão seus pés.

E Ele cresceu como uma palmeira preciosa em nossos jardins.

Quando Ele tinha dezenove anos, era belo como um cervo, e Seus olhos eram como mel e repletos da surpresa do dia.

E em Sua boca havia a sede da caravana do deserto pelo lago.

Ele andava sozinho pelos campos, e nossos olhos O seguiam, assim como os olhos de todas as moças de Nazaré. Mas ficávamos tímidas diante Dele.

O amor sempre se acanha diante da beleza, mas a beleza sempre será perseguida pelo amor.

Então os anos O levaram a falar no templo e nos jardins da Galileia.

E, às vezes, Maria O seguia para escutar Suas palavras e ouvir o som de seu próprio coração. Mas quando Ele e aqueles que O amavam foram para Jerusalém, ela não foi.

Pois nós do País do Norte muitas vezes somos ridicularizados nas ruas de Jerusalém, mesmo quando estamos levando nossas oferendas ao templo.

E Maria era orgulhosa demais para se submeter ao País do Sul.

E Jesus visitou outras terras a leste e a oeste. Não sabemos que terras Ele visitou, mas nosso coração O seguiu.

Mas Maria O aguardava em sua porta e, a cada entardecer, seus olhos buscavam a estrada para recepcioná-Lo.

No entanto, quando Ele retornava, ela nos dizia:

– Ele é grande demais para ser meu filho, eloquente demais para meu coração silencioso. Como posso reivindicá-Lo?

Parecia-nos que Maria não conseguia acreditar que a planície tinha dado à luz a montanha; na alvura de seu coração, ela não via que a escarpa é um caminho até o topo.

Ela conhecia o homem, mas, como Ele era seu Filho, ela não ousava conhecê-Lo.

E um dia, quando Jesus foi ao lago acompanhar os pescadores, ela me disse:

– O que é o homem senão esse ser inquieto que se ergue da terra, e quem é o homem senão um anseio que deseja as estrelas?

"Meu filho é um anseio. Ele é todos nós desejando as estrelas.

"Eu disse meu filho? Que Deus me perdoe. No entanto, em meu coração, eu seria Sua mãe."

Agora, é difícil contar mais sobre Maria e seu Filho, mas, embora haja grãos na minha garganta e minhas palavras alcancem você como aleijados com muletas, preciso relatar o que vi e ouvi.

Foi na juventude do ano em que as anêmonas vermelhas estavam sobre as colinas que Jesus chamou Seus discípulos, dizendo-lhes:

– Venham comigo a Jerusalém e testemunhem o sacrifício do cordeiro para a Páscoa.

Nesse mesmo dia, Maria veio até a minha porta e disse:

– Ele procura a Cidade Sagrada. Você virá e O seguirá comigo e as outras mulheres?

E caminhamos pela longa estrada atrás de Maria e Seu filho, até alcançarmos Jerusalém. E ali um grupo de homens e mulheres nos saudou no portão, pois Sua chegada havia sido anunciada para aqueles que O amavam.

Mas naquela mesma noite Jesus deixou a cidade com Seus homens.

Disseram-nos que Ele tinha ido a Betânia.

E Maria ficou conosco em uma estalagem, aguardando Seu retorno. Na noite da quinta-feira seguinte, Ele foi capturado do lado de fora das muralhas e aprisionado.

E quando ouvimos que Ele era um prisioneiro, Maria não pronunciou uma palavra, mas surgiu em seus olhos o cumprimento daquela dor e alegria prometidas que havíamos observado quando ela era apenas uma noiva em Nazaré.

Ela não chorou. Apenas se moveu entre nós como o fantasma de uma mãe que se recusa a lamentar o fantasma de seu filho.

Nós nos sentamos no chão, mas ela permaneceu ereta, andando para cima e para baixo na sala.

Ela ficava diante da janela e olhava para o leste e, então, com os dedos das duas mãos, alisava o cabelo para trás.

Na aurora, ela ainda estava de pé entre nós, como uma bandeira solitária no deserto, onde não há nenhum anfitrião.

Choramos porque sabíamos o futuro de seu Filho; mas ela não chorou, pois também sabia o que ocorreria com Ele.

Seus ossos eram de bronze e seus nervos de olmos antigos, seus olhos eram como o céu, vastos e desafiadores.

Já ouviu um tordo cantar enquanto seu ninho queima ao vento?

Já viu uma mulher cuja tristeza é grande demais para as lágrimas, ou um coração ferido que se eleva além de sua própria dor?

Você não viu uma mulher assim, pois nunca ficou diante de Maria; e não foi envolto pela Mãe Invisível.

Naquele momento imóvel quando os cascos abafados do silêncio bateram sobre os peitos do insone, João, o jovem filho de Zebedeu, veio e disse:

— Mãe Maria, Jesus está saindo. Venha, vamos segui-Lo.

E Maria colocou a mão no ombro de João e eles saíram, e nós os seguimos.

Quando chegamos à Torre de Davi, vimos Jesus carregando Sua cruz. E havia uma grande multidão ao Seu redor.

E dois outros homens também carregavam cruzes.

A cabeça de Maria estava erguida, e ela caminhou conosco atrás de Seu filho. E seu passo era firme.

Atrás dela andavam Sião e Roma, sim, o mundo inteiro, para se vingar de um Homem livre.

Quando chegamos à colina, Ele foi erguido na cruz.

E olhei para Maria. Seu rosto não era o rosto de uma mulher enlutada. Era o rosto da terra fértil, sempre dando à luz, sempre enterrando seus filhos.

Então vieram a seus olhos as lembranças da infância Dele, e ela disse em voz alta:

– Meu filho, que não é meu filho; homem que um dia visitou meu ventre, glorifico-me em seu poder. Sei que cada gota de sangue que corre de suas mãos será a corrente de uma nação.

"Você morre nessa tempestade assim como meu coração uma vez morreu ao pôr do sol, e agora devo me entristecer."

Naquele momento desejei cobrir o rosto com minha capa e fugir para o País do Norte. Mas, de repente, ouvi Maria dizer:

– Meu filho, que não é meu filho, o que disse ao homem à sua direita que o deixou feliz em sua agonia? A sombra da morte é luz sobre o rosto dele, e ele não consegue desviar o olhar de você.

"Agora você sorri para mim e, como você sorri, sei que venceu."

E Jesus olhou para Sua mãe e disse:
– Maria, a partir desta hora, seja a mãe de João.
E para João Ele disse:
– Seja um filho amoroso para essa mulher. Vá para a casa dela e deixe sua sombra cruzar o limiar onde outrora eu estive. Faça isso em minha memória.

E Maria ergueu a mão direita na direção Dele, e ela era como uma árvore com um galho. Mais uma vez ela gritou:
– Meu filho, que não é meu filho, se isto é de Deus, que Deus nos dê paciência e conhecimento. E se isto é do homem, que Deus o perdoe para sempre.

"Se isto for de Deus, a neve do Líbano será sua mortalha; e se isto for apenas dos sacerdotes e soldados, então tenho esta veste para a sua nudez.

"Meu filho, que não é meu filho, aquilo que Deus constrói aqui não perecerá; e aquilo que o homem destruir permanecerá construído, mas não à sua vista."

E naquele momento os céus Lhe entregaram à Terra, um grito e um suspiro.

E Maria Lhe entregou ao homem, uma ferida e um bálsamo.

E Maria disse:

– Agora vejam, Ele se foi. A batalha acabou. A estrela brilhou. O navio atingiu o porto. Aquele que no passado esteve em meu coração está pulsando no espaço.

E nos aproximamos dela, e ela nos disse:

– Mesmo na morte Ele sorri. Ele venceu. Fui de fato a mãe de um vencedor.

E Maria retornou a Jerusalém se apoiando em João, o jovem discípulo.

E ela era uma mulher realizada.

E quando chegamos ao portão da cidade, olhei em seu rosto e fiquei surpresa, pois naquele dia a cabeça de Jesus era a mais elevada entre os homens, mas mesmo assim a cabeça de Maria não estava menos elevada.

Tudo isso se passou na primavera do ano.

E agora era outono. E Maria, a mãe de Jesus, voltou ao seu lar e está sozinha.

Dois sábados atrás meu coração estava como pedra no peito, pois meu filho me deixara por um navio em Tiro. Ele desejava ser marinheiro.

E disse que não vai mais retornar.

E certa tarde busquei Maria.

Quando entrei em sua casa ela estava sentada ao tear, mas não tecia. Olhava para o Céu além de Nazaré.

E eu lhe disse:

– Salve, Maria.

E ela estendeu o braço para mim e disse:

– Venha e sente-se ao meu lado, vamos observar o sol derramar seu sangue sobre as colinas.

E me sentei ao seu lado no banco e observamos o oeste pela janela.

E após um instante Maria disse:

– Pergunto-me quem está crucificando o Sol nesta tarde.

Então eu disse:

– Vim em busca de conforto. Meu filho me deixou pelo mar, e estou sozinha na casa do outro lado da estrada.

Então Maria disse:

– Eu a confortaria, mas como?

E eu disse:

– Basta falar sobre o seu Filho que me sentirei confortada.

E Maria sorriu para mim, colocou a mão no meu ombro e disse:

– Vou falar sobre Ele. Aquilo que consolar você também vai me trazer consolo.

Então ela falou de Jesus e falou longamente sobre tudo o que havia no início.

E me pareceu que em seu discurso ela não via nenhuma diferença entre o filho dela e o meu.

Pois ela me disse:

– Meu filho também é um navegante. Por que não confia seu filho às ondas assim como eu O confiei?

"As mulheres sempre serão o ventre e o berço, mas nunca o túmulo. Morremos para dar vida à vida, assim como nossos dedos tecem o fio para a veste que nunca usaremos.

"E jogamos a rede para o peixe que nunca provaremos.

"E por isso nos entristecemos, embora nisso tudo esteja nossa alegria."

Assim Maria falou.

E eu a deixei e fui para casa e, embora a luz do dia tivesse se apagado, sentei ao tear para tecer mais do tecido.

José, denominado o Justo

JESUS, O VIAJANTE

Diziam que Ele era vulgar, o filho comum de uma semente comum, um homem rude e violento.

Diziam que apenas o vento penteava Seus cabelos e apenas a chuva unia Suas roupas e Seu corpo.

Consideravam-no louco e atribuíam Suas palavras aos demônios.

Mas veja, o Homem desprezado lançou um desafio, e seu som nunca cessará.

Ele cantou uma canção, e ninguém aprisionará essa melodia. Ela pairará de geração a geração e se elevará de esfera a esfera lembrando-se dos lábios que lhe originaram e dos ouvidos que a ninaram.

Ele era um estrangeiro. Sim, Ele era um estrangeiro, um viajante em Seu próprio caminho ao templo, um visitante que bateu à porta, um convidado de um país distante.

E como não encontrou um anfitrião benevolente, retornou ao Seu próprio lugar.

Filipe

E quando Ele morreu, toda a humanidade morreu

Quando nosso amado morreu, toda a humanidade morreu, e todas as coisas no espaço ficaram imobilizadas e cinzentas. Então o leste se escureceu, e uma tempestade irrompeu e varreu a terra. Os olhos do céu se abriram e fecharam, e a chuva caiu em torrentes e carregou o sangue que corria de Suas mãos e de Seus pés.

Eu também morri. Mas nas profundezas de meu esquecimento eu O ouvi falando:

– Pai, perdoe-os, pois eles não sabem o que fazem.

E Sua voz buscou meu espírito afogado, e fui trazido de volta à praia.

E abri os olhos e vi Seu corpo branco pendendo de uma nuvem, e as palavras que eu ouvira tomaram forma dentro de mim e me transformaram em um novo homem. E não me entristeci mais.

Quem se entristeceria com um mar que revela sua face, ou com uma montanha que ri ao sol?

Já passou pelo coração humano, quando este foi transpassado, dizer tais palavras?

Que outro juiz dos homens liberou Seus juízes? E o amor já desafiou o ódio com poder mais certo de si?

Tal trombeta já foi ouvida entre o Céu e a Terra?

Já se sabia que o assassinado tinha compaixão de seus assassinos? Ou que o meteoro deteve seus passos por causa de uma toupeira?

As estações vão se cansar e os anos envelhecer antes que essas palavras se esgotem: "Pai, perdoe-os, pois eles não sabem o que fazem".

E você e eu, embora nasçamos repetidamente, deveremos mantê-las.

E agora entrarei em casa e me postarei como um pedinte exaltado diante de Sua porta.

Birbarah de Yammouni

Sobre Jesus, o impaciente

Jesus era paciente com o simplório e o estúpido, assim como o inverno aguarda a primavera.

Era paciente como a montanha ao vento.

Respondia com gentileza às perguntas agressivas de Seus inimigos.

Podia até mesmo ficar em silêncio diante de sofismas e disputas, pois Ele era forte, e os fortes podem ser tolerantes.

Mas Jesus também era impaciente.

Ele não poupava os hipócritas.

Não cedia aos homens astutos nem aos malabaristas de palavras.

E não podia ser governado.

Era impaciente com aqueles que não acreditavam na luz porque eles mesmos habitavam a sombra; e com aqueles que buscavam sinais no Céu em vez de no próprio coração.

Era impaciente com aqueles que pesavam e mediam o dia e a noite antes de confiar seus sonhos à aurora ou ao entardecer.

Jesus era paciente.

No entanto, Ele era o mais impaciente dos homens.

Ele o faria tecer o pano mesmo que você tivesse passado anos entre o tear e o linho.

Mas não deixaria ninguém rasgar nem um centímetro do que foi tecido.

A mulher de Pilatos diz a uma dama romana

Eu estava andando com as minhas damas de companhia nos bosques, nos arredores de Jerusalém, quando O vi com alguns homens e mulheres sentados ao Seu redor; e Ele lhes falava em uma língua que eu só entendia parcialmente.

Mas não é preciso um idioma para perceber um pilar de luz ou uma montanha de cristal. O coração sabe o que a língua talvez nunca pronuncie e os ouvidos talvez nunca ouçam.

Ele falava aos Seus amigos sobre amor e força. Sei que ele falava sobre amor porque havia melodia em Sua voz; e sei que Ele falava de força porque havia exércitos em Seus gestos. E Ele era gentil, embora nem meu marido tivesse podido falar com essa autoridade.

Quando Ele me viu passar, parou de falar por um instante e olhou com gentileza para mim. E senti-me humilde; e em minha alma sabia que havia passado por um deus.

Depois daquele dia, Sua imagem visitou minha privacidade quando eu não era visitada por homem nem mulher; e Seus olhos vasculhavam minha alma quando os meus olhos estavam fechados. E Sua voz governava o silêncio das minhas noites.

Estou presa para todo o sempre; e há paz em minha dor e liberdade em minhas lágrimas.

Querida amiga, você nunca viu aquele homem e nunca O verá.

Ele partiu para além dos nossos sentidos, mas de todos os homens Ele agora é o mais próximo de mim.

Um homem nos arredores de Jerusalém

Sobre Judas

Judas veio à minha casa naquela sexta-feira, após a noite da Páscoa; e ele bateu à porta com força.

Quando entrou, olhei para ele, e seu rosto estava pálido. As mãos tremiam como galhos secos ao vento e as roupas estavam úmidas como se ele tivesse saído de um rio; pois naquela noite havia grandes tempestades.

Ele olhou para mim, as órbitas de seus olhos eram como cavernas escuras e os olhos estavam injetados de sangue.

E ele disse:

– Entreguei Jesus de Nazaré aos Seus inimigos e aos meus inimigos.

Então Judas torceu as mãos e disse:

– Jesus declarou que venceria todos os Seus inimigos e os inimigos de nosso povo. E eu acreditei e O segui.

"Quando Ele nos chamou pela primeira vez, prometeu-nos um reino poderoso e vasto, e em nossa fé buscamos estar em Suas graças para termos posições elevadas em Sua corte.

"Víamo-nos como príncipes lidando com esses romanos como eles lidaram conosco. E Jesus falou bastante sobre Seu reino, e achei que Ele tinha me escolhido como capitão de Suas carruagens e chefe de Seus guerreiros. E segui Seus passos de bom grado.

"Mas descobri que não era um reino que Jesus buscava e não era dos romanos que Ele nos libertaria. Seu reino era apenas o reino do coração. Ouvi-O falar de amor, caridade e perdão, e as mulheres à beira da estrada O ouviam com satisfação, mas meu coração se amargurou e endureceu.

"Meu rei prometido da Judeia, de repente, parecia ter se transformado em um flautista, para acalmar a mente de caminhantes e errantes.

"Eu O amei assim como outros da minha tribo O amaram. Eu O considerava uma esperança e uma libertação do jugo dos estrangeiros. Mas quando Ele não pronunciava uma palavra ou movia uma mão para nos libertar desse jugo e quando deu a César o que era de César, o desespero me tomou e minhas esperanças morreram. E eu disse: 'Aquele que mata minhas esperanças deve ser assassinado, pois minhas esperanças e expectativas são mais preciosas que a vida de qualquer homem'."

Então Judas rangeu os dentes e abaixou a cabeça. Quando falou novamente, ele disse:

– Eu O entreguei. E Ele foi crucificado hoje... No entanto, quando Ele morreu sobre a cruz, morreu como rei. Morreu na tempestade como morrem os libertadores, como grandes homens que vivem além da mortalha e do túmulo.

"E enquanto morria, Ele foi benevolente e foi gentil; e Seu coração estava repleto de piedade. Ele sentiu piedade até de mim, que O entregou."

E eu disse:

– Judas, você cometeu um grande erro.

E Judas respondeu:

– Mas Ele morreu como um rei. Por que não viveu como um rei?

Eu repeti:

– Você cometeu um grande crime.

E ele se sentou ali, sobre um banco, e ficou paralisado como uma pedra.

Mas eu andei para a frente e para trás na sala e disse mais uma vez:

– Você cometeu um grande pecado.

Mas Judas não disse nada. Permaneceu silencioso como a terra.

E após um tempo ele se levantou e me encarou, parecendo mais alto, e quando falou sua voz era como o som de um vaso rachado; e ele disse:

– O pecado não estava no meu coração. Nesta mesma noite buscarei o Seu reino, me postarei diante Dele e pedirei Seu perdão.

"Ele morreu como um rei e eu morrerei como um vilão. Mas em meu coração sei que Ele me perdoará."

Após dizer essas palavras, ele enrolou seu manto molhado ao redor do corpo e disse:

– Foi bom ter vindo até você nesta noite, embora o tenha atrapalhado. Você também me perdoará?

"Diga aos seus filhos e aos filhos dos seus filhos: 'Judas Iscariotes entregou Jesus de Nazaré aos Seus inimigos porque ele acreditava que Jesus era um inimigo de Sua própria raça'.

"E diga também que no mesmo dia de seu grande erro, Judas seguiu o Rei até os degraus de Seu trono para entregar a própria alma e ser julgado.

"Direi que o meu sangue também estava impaciente pela terra, e meu espírito aleijado se libertará."

Então Judas recostou a cabeça na parede e gritou:

– Oh, Deus cujo terrível nome ninguém deve pronunciar antes que seus lábios sejam tocados pelos dedos da morte, por que me queimou com um fogo sem luz?

"Por que deu ao galileu uma paixão por uma terra desconhecida e me sobrecarregou com um desejo que não escapa aos parentes nem ao lar? E quem é esse homem, Judas, cujas mãos estão mergulhadas em sangue?

"Ajude-me a expulsá-lo, uma veste velha e um arreio gasto.

"Ajude-me a fazer isso hoje à noite.

"E deixe-me ficar novamente do lado de fora destas muralhas.

"Estou cansado desta liberdade sem asas. Prefiro um calabouço maior.

"Eu derramaria um rio de lágrimas até o mar amargo. Seria um homem à sua mercê em vez de um batendo o portão do próprio coração."

Assim falou Judas e, em seguida, abriu a porta e saiu novamente na tempestade.

Três dias mais tarde visitei Jerusalém e ouvi falar de tudo o que se passou. Também ouvi que Judas tinha se jogado do cume da Pedra Alta.

Refleti bastante desde aquele dia e compreendo Judas. Ele cumpriu sua pequena vida, que flutuava como a névoa sobre essa terra e era escravizada pelos romanos, enquanto o grande Profeta ascendia aos céus.

Um homem desejava um reino em que ele seria um príncipe.

O Outro desejava um reino em que todos seriam príncipes.

Sarkis, um velho pastor grego, chamado de louco

Jesus e Pã

Em um sonho, vi Jesus e meu deus Pã sentados no centro da floresta.

Eles riam do discurso um do outro, com o riacho que corria próximo a eles, e o riso de Jesus era o mais alegre. E eles conversaram por muito tempo.

Pã falou da Terra e de seus segredos, de seus irmãos com cascos e de suas irmãs com chifres; e de sonhos. E falou de raízes e de seus brotos, da seiva que desperta, se eleva e canta para o verão.

E Jesus falou sobre os novos rebentos da floresta, das flores e dos frutos, e da semente que eles levarão em uma estação que ainda não chegou.

Ele falou de aves no espaço e de seu canto no mundo superior.

E falou de veados brancos no deserto, onde Deus os pastoreia.

E Pã ficou satisfeito com o discurso do novo Deus, e suas narinas estremeciam.

E no mesmo sonho vi Pã e Jesus se crescerem silenciosos e imóveis na calma das sombras verdes.

E então Pã pegou seus juncos e tocou para Jesus.

As árvores se sacudiram, as samambaias tremeram, e o medo brotou em mim.

Jesus disse:

– Meu bom irmão, você tem a clareira e as alturas rochosas em seus juncos.

Então Pã deu os juncos a Jesus e disse:

– Toque você agora. É sua vez.

E Jesus disse:

– São juncos demais para a minha boca. Vou usar esta flauta.

Ele pegou sua flauta e tocou.

E ouvi o som da chuva nas folhas e o cantarolar dos riachos entre as colinas e o cair da neve no cume da montanha.

O pulso do meu coração, que outrora batera com o vento, foi novamente restaurado ao vento, e todas as ondas de meu passado estavam sobre minha praia, e voltei a ser Sarkis, o pastor, e a flauta de Jesus se tornou a flauta de inúmeros pastores chamando incontáveis rebanhos.

Então Pã disse a Jesus:

– Sua juventude é mais próxima dos juncos que os meus anos. E muito antes disso, em minha quietude, ouvi sua música e o murmurar de seu nome.

"Seu nome tem uma boa sonoridade; que ele se eleve com a seiva até os galhos e que corra com os cascos entre as montanhas.

"E ele não me é estranho, embora meu pai não me chamasse por esse nome. Foi sua flauta que o trouxe de volta à memória.

"E agora vamos tocar nossos juncos juntos."

E eles tocaram juntos.

E a música deles golpeou o Céu e a Terra, e um terror atingiu todas as coisas vivas.

Ouvi o berro dos animais e a fome da floresta. E ouvi o grito dos homens solitários e o lamento daqueles que anseiam por algo desconhecido.

Ouvi o suspiro da donzela por seu amante e o ofegar do caçador azarado por sua presa.

Então, veio paz à música, e os céus e a Terra cantaram juntos.

Tudo isso vi em meu sonho, e tudo isso ouvi.

Anás,
o Sumo Sacerdote

Sobre o Jesus da ralé

Ele era da plebe, um bandido, um charlatão e um convencido. Ele agradava apenas ao sujo e ao deserdado, e por tudo isso teve de seguir o caminho de todos os maculados e corrompidos.

Ele brincava conosco e com nossas leis; caçoava de nossa honra e zombava de nossa dignidade. Ele até disse que destruiria o templo e profanaria os lugares santos. Não tinha vergonha, e por isso tinha de ter uma morte vergonhosa.

Era um homem da Galileia dos gentios, um estrangeiro, do País do Norte, onde Adônis e Astarte ainda tinham poder contra Israel e o Deus de Israel.

Ele, cuja língua vacilava ao falar o discurso de nossos profetas, era barulhento e ensurdecedor quando falava a língua bastarda dos malnascidos e vulgares.

O que mais eu podia fazer além de decretar Sua morte?

Não sou um guardião do templo? Não sou um protetor da lei? Poderia ter virado as costas para Ele, dizendo com toda a tranquilidade: "Ele é um louco entre os loucos. Deixem-No só para que se esgote em sua fúria; pois os loucos e malucos e os possuídos pelos demônios não serão nada no caminho de Israel"?

Eu poderia ter ficado surdo quando Ele nos chamou de mentirosos, hipócritas, lobos, víboras e filhos da víbora?

Não, não poderia ficar surdo, pois Ele não era um louco. Era seguro de si; e em Sua barulhenta sanidade Ele nos denunciou e nos desafiou.

Por isso eu O crucifiquei; e Sua crucificação foi um sinal e um alerta aos outros marcados com o mesmo selo amaldiçoado.

Sei bem que fui culpado por isso, mesmo por alguns dos anciãos do Sinédrio. Mas estava certo, então, assim como estou certo agora, de que um homem deve morrer pelo povo em vez de o povo ser desviado por um homem.

Jesus foi conquistado por um inimigo de fora. Garantirei que a Judeia não será conquistada novamente por um inimigo de dentro.

Nenhum homem do Norte amaldiçoado chegará ao Sagrado dos Sagrados nem lançará Sua sombra sobre a Arca da Aliança.

Uma mulher, uma das vizinhas de Maria

Um lamento

No quadragésimo dia após Sua morte, todas as vizinhas foram à casa de Maria para consolá-la e cantar elegias. E uma das mulheres cantou esta canção:

"Para onde, minha Primavera, para onde?
E para que outro espaço seu perfume ascende?
Em que outros campos você caminhará?
E para que céu erguerá a cabeça para expressar seu coração?

Estes vales serão estéreis,
E não teremos nada além de campos secos e áridos.
Tudo o que é verde ressecará ao sol,

E nosso pomar dará maçãs ácidas,
E nosso vinhedo, uvas amargas.
Ficaremos sedentos de seu vinho,
E nossas narinas ansiarão por sua fragrância.

Para onde, Flor de nossa primeira Primavera, para onde?
E você não mais retornará?
Seu jasmim não nos visitará novamente,
E seu cíclame não ficará à beira da estrada
Para nos dizer que nossas raízes são profundas na terra,
E que nossa respiração incessante para sempre escalará o céu?

Para onde, Jesus, para onde,
Filho de minha vizinha Maria,
E amigo do meu filho?
Para onde, nossa primeira Primavera, e para que outros campos?
Você retornará novamente para nós?
Em sua maré de amor, visitará as praias áridas de nossos sonhos?"

Ahaz, o corpulento
O ESTALAJADEIRO

Lembro-me bem da última vez que vi Jesus, o Nazareno. Judas veio até mim ao meio-dia daquela quinta-feira e me pediu para preparar a ceia para Jesus e Seus amigos.

Ele me deu duas moedas de prata e disse:
— Compre tudo o que achar necessário para a refeição.

E depois que Ele se foi minha mulher me disse:
— Isso é mesmo uma honra.

Pois Jesus havia se tornado um Profeta e realizado muitos milagres.

Ao crepúsculo, Ele veio com Seus seguidores, e eles se sentaram no salão superior ao redor da mesa, mas ficaram quietos e em silêncio.

No ano passado e no ano anterior eles também tinham vindo e, então, agiram com alegria. Partiram o pão, beberam o vinho e cantaram nossas antigas canções; e Jesus conversou com eles até a meia-noite.

Depois disso, eles O deixaram sozinho no salão superior e foram dormir em outros quartos; pois após a meia-noite Ele desejava ficar sozinho.

E Ele permanecia acordado; eu ouvia Seus passos enquanto estava deitado na cama.
Mas dessa última vez Ele e Seus amigos não estavam felizes. Minha mulher preparara peixes do lago da Galileia e faisões de Houran recheados com arroz e sementes de romã, e eu levei uma jarra de meu vinho de cipreste.
E então os deixei, pois senti que eles queriam ficar sozinhos.
Eles ficaram até estar completamente escuro e então todos desceram juntos do salão superior, mas, ao pé da escada, Jesus se demorou por um tempo. E Ele olhou para mim e para a minha mulher e colocou a mão sobre a cabeça da minha filha e disse:
— Boa noite para todos. Voltaremos novamente ao seu salão superior, mas não o deixaremos tão cedo. Ficaremos até o Sol se erguer acima do horizonte.
"Daqui a pouco voltaremos e pediremos mais pão e mais vinho. Você e sua mulher foram bons anfitriões para nós, e nos lembraremos de vocês quando voltarmos à nossa casa e nos sentarmos à nossa própria mesa."
E eu disse:
— Senhor, foi uma honra servi-lo. Os outros estalajadeiros me invejam devido às suas visitas, e em meu orgulho rio deles na praça. Às vezes até faço uma careta.
E Ele disse:
— Todos os estalajadeiros devem se orgulhar em servir. Pois aquele que dá pão e vinho é irmão daquele que ceifa e colhe os feixes para a eira e daquele que esmaga as uvas para o lagar. E todos vocês são gentis. Oferecem sua generosidade até àqueles que vêm com nada além de fome e sede.

Então Ele se virou para Judas Iscariotes, que cuidava da bolsa do grupo, e disse:

– Dê-me dois siclos.

E Judas deu-Lhe dois siclos, dizendo:

– Estas são as últimas moedas de prata da minha bolsa.

Jesus olhou para ele e disse:

– Logo, muito em breve, sua bolsa se encherá de prata.

Então Ele colocou as duas moedas em minha mão e disse:

– Com estas, compre um cinto de seda para a sua filha e peça que ela o use no dia da Páscoa, em minha lembrança.

Olhando novamente para o rosto de minha filha, Ele se abaixou e beijou sua testa. Então disse mais uma vez:

– Boa noite para todos vocês.

E foi embora.

Disseram-me que o que Ele nos falou foi registrado em um pergaminho por um de Seus amigos, mas repito isso a você assim como o ouvi de Seus próprios lábios.

Nunca me esquecerei do som de Sua voz quando disse estas palavras:

– Boa noite para todos vocês.

Se deseja saber mais sobre Ele, pergunte à minha filha. Agora ela é uma mulher, mas guarda com carinho a lembrança de sua infância. E suas palavras são mais prontas que as minhas.

Barrabás

As últimas palavras de Jesus

Eles me liberaram e O escolheram. Então Ele se ergueu e eu caí.

E fizeram Dele uma vítima e um sacrifício para a Páscoa.

Fui libertado de minhas correntes e caminhei com a multidão atrás Dele, mas eu era um homem vivo indo para minha própria sepultura.

Deveria ter fugido para o deserto onde a vergonha é queimada pelo sol.

No entanto, caminhei com aqueles que O haviam escolhido para carregar meu crime.

Quando O pregaram em Sua cruz, eu estava lá.

Vi e ouvi, mas parecia fora de meu corpo.

O ladrão crucificado à Sua direita Lhe disse:

— Está sangrando comigo, até você, Jesus de Nazaré?

E Jesus respondeu:

— Se não fosse por esse prego que prende minha mão, eu a estenderia e seguraria a sua mão.

"Estamos crucificados juntos. Gostaria que tivessem erguido sua cruz mais próxima à minha."

Então Ele olhou para baixo e viu Sua mãe e um jovem ao lado dela.

Ele disse:

— Mãe, veja o seu filho de pé ao seu lado.

"Mulher, veja um homem que carregará essas gotas de meu sangue ao País do Norte."

E quando Ele ouviu o lamento das mulheres da Galileia, Ele disse:

— Olhe, elas choram e eu estou sedento.

"Estou alto demais para alcançar suas lágrimas.

"Não tomarei vinagre e fel para saciar esta sede."

Então Seus olhos se arregalaram para o Céu, e Ele disse:

— Pai, por que nos abandonou?

E então disse com compaixão:

— Pai, perdoe-os, pois eles não sabem o que fazem.

Quando Ele pronunciou essas palavras, achei ter visto todos os homens prostrados diante de Deus implorando perdão pela crucificação desse único homem.

Então novamente Ele disse com a voz alta:

— Pai, nas Suas mãos entrego meu espírito.

E finalmente Ele ergueu a cabeça e disse:

— Agora acabou-se, mas apenas sobre esta colina.

E Ele fechou os olhos.

Então um relâmpago rasgou o céu escuro e houve um grande trovão.

Agora sei que aqueles que O mataram em meu lugar provocaram meu tormento infinito.

Sua crucificação durou apenas uma hora.

Mas eu serei crucificado até o fim de meus anos.

Cláudio, uma sentinela romana

Jesus, o estoico

Depois que Ele foi pego, confiaram-No a mim. E Pôncio Pilatos me ordenou que O mantivesse em custódia até a manhã seguinte.

Meus soldados O levaram prisioneiro, e Ele obedeceu.

À meia-noite deixei minha mulher e filhos e visitei o arsenal. Era meu hábito ir para lá ver se tudo estava certo com meus batalhões em Jerusalém; e naquela noite visitei o arsenal onde Ele estava preso.

Meus soldados e alguns dos judeus jovens estavam caçoando Dele. Tinham despido Suas vestes e colocado uma coroa de espinhos do ano passado sobre Sua cabeça.

Sentaram-No contra um pilar e dançavam e gritavam diante Dele.

E deram-Lhe um caniço para segurar.

Quando entrei, alguém gritou:

– Veja, oh, capitão, o rei dos judeus.

Fiquei diante Dele, olhei para Ele e me envergonhei. Não sabia por quê.

Lutei na Gália e na Espanha, e com meus homens enfrentei a morte. No entanto, nunca tive medo, nem fui covarde. Mas quando fiquei diante daquele Homem e Ele olhou para mim, perdi a confiança. Parecia que meus lábios estavam colados, e eu não conseguia pronunciar nenhuma palavra.

Deixei o arsenal imediatamente.

Isso ocorreu há trinta anos. Meus filhos, que eram bebês, agora são homens. E estão servindo a César e a Roma.

Mas muitas vezes ao aconselhá-los falei sobre Ele, um homem que enfrentava a morte com a seiva da vida nos lábios e com compaixão pelos Seus assassinos nos olhos.

E agora sou velho. Vivi meus anos plenamente. E realmente penso que nem Pompeu nem César foram comandantes tão bons quanto o Homem da Galileia.

Pois desde Sua morte sem resistência um exército se ergueu da terra para lutar por Ele... E Ele está mais bem servido por eles, embora morto, do que Pompeu ou César foram servidos em vida.

Tiago, o irmão do Senhor

A última ceia

Mil vezes fui visitado pela lembrança daquela noite. E agora sei que serei visitado mais mil vezes.

A terra esquecerá os sulcos arados em seu seio, e uma mulher, a dor e a alegria do parto, antes que eu esqueça aquela noite.

De tarde, ficamos do lado de fora das muralhas de Jerusalém, e Jesus disse:

— Vamos entrar na cidade agora e jantar na estalagem.

Estava escuro quando chegamos à estalagem, e estávamos com fome. O estalajadeiro nos cumprimentou e nos levou a um salão superior.

E Jesus mandou-nos sentar ao redor da mesa, mas Ele mesmo permaneceu em pé, e Seus olhos repousaram sobre nós.

Ele falou ao estalajadeiro e disse:

— Traga-me uma bacia, um jarro cheio de água e uma toalha.

E Ele olhou novamente para nós e disse gentilmente:
– Tirem suas sandálias.
Não entendemos, mas ao Seu comando as tiramos.
Então o estalajadeiro trouxe a bacia e o jarro; e Jesus disse:
– Agora vou lavar os seus pés. Preciso libertar seus pés do pó da antiga estrada e dar-lhes a liberdade da nova estrada.
Todos nós ficamos envergonhados e tímidos.
Então Simão Pedro levantou-se e disse:
– Como posso deixar meu Mestre e meu Senhor lavar meus pés?
E Jesus respondeu:
– Lavarei seus pés para que se lembrem que aquele que serve os homens será o maior entre os homens.
Então Ele olhou para cada um de nós e disse:
– O Filho do Homem que os escolheu como Seus irmãos, Ele, cujos pés foram ungidos ontem com mirra da Arábia e secos com cabelos femininos, deseja agora lavar seus pés.
E Ele pegou a bacia e o jarro e se ajoelhou e lavou nossos pés, começando com Judas Iscariotes.
Depois Ele se sentou conosco à mesa; e Seu rosto era como a manhã se erguendo sobre um campo de batalha após uma noite de luta e derramamento de sangue.
E o estalajadeiro veio com a esposa, trazendo comida e vinho.
E embora eu estivesse com fome antes de Jesus se ajoelhar aos meus pés, agora não tinha apetite. E havia uma chama em minha garganta que eu não saciaria com vinho.
Então Jesus pegou um pão e nos deu, dizendo:
– Talvez não partilhemos o pão novamente. Vamos comer este pedaço em lembrança dos nossos dias na Galileia.

Ele serviu vinho da jarra em uma taça, bebeu, nos deu e disse:

— Bebam em memória de uma sede que conhecemos juntos. E bebam também na esperança de uma nova safra. Quando eu for envolvido e não estiver mais entre vocês, e quando vocês se encontrarem aqui ou em outro lugar, partam o pão e sirvam o vinho, comam e bebam como estão fazendo agora. Então, olhem ao redor; e talvez me vejam sentado com vocês à mesa.

Após dizer isso, Ele começou a distribuir entre nós pedaços de peixe e faisão, como uma ave alimentando seus filhotes.

Comemos pouco, mas nos saciamos; e bebemos apenas uma gota, pois sentíamos que a taça era como um espaço entre esta terra e outra terra.

Então Jesus disse:

— Antes de deixarmos esta mesa, vamos nos erguer e cantar os hinos alegres da Galileia.

Levantamo-nos e cantamos juntos, e Sua voz se elevava às nossas vozes, e havia um eco em cada palavra de Suas palavras.

E Ele olhou em nosso rosto, um a um, e disse:

— Agora eu me despeço. Vamos além dessas muralhas. Vamos a Getsêmani.

E João, filho de Zebedeu, disse:

— Mestre, por que se despede de nós esta noite?

E Jesus respondeu:

Não deixem que o coração de vocês fique desassossegado. Só os deixo para preparar um lugar para vocês na casa de meu Pai. Mas se precisarem de mim, voltarei para vocês. Onde me chamarem, ali os ouvirei, e onde quer que seu espírito me procurar, ali estarei.

"Não se esqueçam de que a sede leva ao lagar e a fome ao banquete de casamento.

"É no seu anseio que vocês encontrarão o Filho do Homem. Pois o anseio é a nascente do êxtase e o caminho ao Pai."

E João falou novamente e disse:

– Se vai de fato nos deixar, como poderíamos nos animar? E por que fala da separação?

E Jesus respondeu:

– O veado perseguido conhece a flecha do caçador antes de senti-la no peito; e o rio está ciente do mar antes de chegar à praia. E o Filho do Homem já viajou pelos caminhos dos homens.

"Antes que outra amendoeira floresça ao sol, minhas raízes atingirão o coração de outro campo."

Então Simão Pedro disse:

– Mestre, não nos deixe agora e não nos negue o prazer de sua presença. Aonde quer que vá, nós também iremos; e onde quer que permaneça, também permaneceremos.

Jesus pôs a mão no ombro de Simão Pedro, sorriu para ele e disse:

– Quem sabe você me negará antes do fim desta noite e me deixará antes de eu deixá-lo?

Então, de repente, Ele disse:

– Agora vamo-nos daqui.

E Ele deixou a estalagem e nós O seguimos. Mas quando chegamos ao portão da cidade, Judas Iscariotes não estava mais conosco. Atravessamos o Vale de Jahannam. Jesus andava bem à frente de nós, e nós andávamos próximos uns dos outros.

Quando Ele chegou a um bosque de oliveiras, parou e se virou para nós, dizendo:

— Descansem aqui por uma hora.

A noite estava fria, embora fosse primavera plena, com as amoras brotando e as macieiras em flor. E os jardins eram doces.

Cada um de nós buscou um tronco de árvore, e nos deitamos. Eu me enrolei em meu manto e deitei sob um pinheiro.

Mas Jesus nos deixou e caminhou sozinho pelo bosque de oliveiras. E eu O observei enquanto os outros dormiam.

Ele parava subitamente e voltava a andar para cima e para baixo. Ele fez isso muitas vezes.

Então O vi erguer o rosto na direção do Céu e esticar Seus braços para leste e oeste.

Uma vez Ele disse: "O Céu e a Terra, e o inferno também, são do homem." E agora me lembrei de sua fala e soube que Ele, que caminhava pelo bosque de oliveiras, era o Céu em forma de homem; e me lembrei que o ventre da Terra não é um início nem um fim, mas sim uma carruagem, uma pausa; e um momento de admiração e surpresa; e o inferno também vi, no vale chamado Jahannam, que jaz entre Ele e a Cidade Sagrada.

E enquanto Ele estava ali e eu estava deitado enrolado em minhas vestes, ouvi Sua voz. Mas Ele não falava a nós. Três vezes O ouvi pronunciar a palavra Pai. E isso foi tudo o que ouvi.

Após um tempo, Seus braços caíram, e Ele permaneceu em pé como um cipreste entre meus olhos e o céu.

Finalmente Ele voltou a nós e nos disse:

— Acordem e levantem. Minha hora chegou. O mundo já está sobre nós, armado para batalha.

E então disse:

— Há um instante ouvi a voz de meu Pai. Se não os vir novamente, lembrem-se de que o conquistador não terá paz até ser conquistado.

E quando nos levantamos e nos aproximamos Dele, Seu rosto era como o Céu estrelado sobre o deserto.

Então Ele beijou cada um de nós no rosto. E quando Seus lábios tocaram meu rosto, estavam quentes, como a mão de uma criança com febre.

De repente, ouvimos um grande estrondo a distância, como se fossem muitas pessoas, e vimos que um grupo de homens se aproximou com lanternas e escravos. E eles vinham com pressa.

Quando eles chegaram à orla do bosque, Jesus nos deixou e se adiantou para encontrá-los. E Judas Iscariotes os liderava.

Havia soldados romanos com espadas e lanças e homens de Jerusalém com porretes e picaretas.

Judas se aproximou de Jesus e O beijou. E então disse aos homens armados:

– Este é o Homem.

E Jesus disse a Judas:

– Judas, você foi paciente comigo. Isso poderia ter sido feito ontem.

Então Ele se virou para os homens armados e disse:

– Levem-me agora. Mas verifiquem se sua jaula é grande o bastante para estas asas.

Então eles caíram sobre Ele e O prenderam, e todos gritavam.

Mas nós, com medo, fugimos e tentamos escapar. Corri sozinho pelo bosque de oliveiras e não tinha força para ser cuidadoso nem nenhuma voz que falasse dentro de mim além do medo.

Durante as duas ou três horas que restaram daquela noite, eu fugi e me escondi, e, ao amanhecer, encontrei-me em uma vila próxima a Jericó.

Por que eu O havia deixado? Não sei. Mas para a minha tristeza eu O deixei. Eu era um covarde e fugi diante de Seus inimigos.

Então fiquei nauseado e envergonhado em meu coração e voltei a Jerusalém, mas Ele fora aprisionado, e nenhum amigo podia conversar com Ele.

Ele foi crucificado, e de Seu sangue formou-se a nova argila da terra.

E eu ainda estou vivo; estou vivendo do favo de mel de Sua doce vida.

Simão de Cirene

Aquele que carregou a cruz

Eu estava a caminho do campo quando O vi carregando Sua cruz; e multidões O seguiam.

Então eu também andei ao Seu lado.

Seu fardo O detinha muitas vezes, pois Seu corpo estava exausto.

Então um soldado romano aproximou-se de mim, dizendo:

– Venha, você é forte e bem constituído; carregue a cruz desse homem.

Quando ouvi essas palavras meu coração se inchou dentro de mim e fiquei agradecido.

E carreguei Sua cruz.

Era pesada, pois era feita de álamo encharcado com as chuvas do inverno.

E Jesus olhou para mim. E o suor de Sua testa corria pela barba.

Novamente Ele olhou para mim e disse:
– Você também bebe desta taça? Você deve bebericar da borda comigo até o fim dos tempos.

Assim dizendo, Ele colocou a mão sobre meu ombro livre. E caminhamos juntos na direção da Colina da Caveira.

Mas agora eu não sentia mais o peso da cruz. Sentia apenas Sua mão. E era como a asa de um pássaro sobre meu ombro.

Então chegamos ao topo da colina; ali O crucificariam.

E então senti o peso da árvore.

Ele não pronunciou palavra nenhuma quando enfiaram os pregos em Suas mãos e pés, nem produziu nenhum som.

E Seus membros não estremeceram sob o martelo.

Parecia que Suas mãos e pés haviam morrido e só viveriam novamente quando banhados em sangue. Entretanto, também parecia que Ele buscava os pregos como o príncipe busca o cetro; e que Ele ansiava por ser erguido às alturas.

E meu coração não pensou em se apiedar Dele, pois eu estava repleto de espanto.

Agora, o Homem cuja cruz carreguei se tornou minha cruz.

Se me dissessem novamente: "Carregue a cruz deste homem", eu a carregaria até minha estrada terminar no túmulo.

Mas eu Lhe pediria que colocasse a mão sobre meu ombro.

Isso aconteceu há muitos anos; mesmo assim, sempre que sigo o sulco no campo, e naquele momento sonolento antes de dormir, sempre penso naquele Homem Amado.

E sinto Sua mão alada aqui, em meu ombro esquerdo.

Ciboria

A mãe de Judas

Meu filho era um homem bom e direito. Era carinhoso e gentil para comigo e amava seus parentes e conterrâneos. E odiava nossos inimigos, os malditos romanos, que usam vestes roxas apesar de não tecer nenhum fio nem sentar a nenhum tear; e que ceifam e colhem onde não lavraram nem plantaram a semente.
 Meu filho tinha apenas dezessete anos quando foi pego atirando flechas na legião romana que passava por nosso vinhedo.
 Mesmo naquela idade ele falava aos outros jovens sobre a glória de Israel e declarava muitas coisas estranhas que eu não entendia.
 Era o meu filho, meu único filho.
 Ele bebeu a vida destes seios agora secos e deu os primeiros passos neste jardim, segurando estes dedos que agora são como juncos trêmulos.
 Com estas mesmas mãos, jovens e frescas então como as uvas do Líbano, guardei suas primeiras sandálias em um lenço de linho que minha mãe me dera. Ainda as mantenho ali naquele baú, ao lado da janela.

Ele era meu primogênito e, quando deu seu primeiro passo, também dei meu primeiro passo. Pois as mulheres não caminham exceto quando conduzidas por seus filhos.

E agora me dizem que ele foi morto pela própria mão; que se jogou da Pedra Alta em remorso porque traiu seu amigo, Jesus de Nazaré.

Sei que meu filho está morto. Mas sei que ele não traiu ninguém; pois ele amava sua família e não odiava ninguém além dos romanos.

Meu filho buscou a glória de Israel, e nada além dessa glória estava em seus lábios e em suas ações.

Quando encontrou Jesus na estrada, ele me deixou para segui-Lo. E em meu coração eu sabia que ele estava errado em seguir qualquer homem.

Quando ele se despediu, eu lhe disse que ele estava errado, mas ele não ouviu.

Nossos filhos não nos ouvem; como a maré alta de hoje, eles não aceitam conselhos da maré alta de ontem.

Peço que não me questione mais a respeito de meu filho.

Eu o amava e o amarei para sempre.

Se o amor estivesse na carne, eu a queimaria com ferros quentes e ficaria em paz. Mas ele fica na alma, inatingível.

E agora não vou mais falar. Vá questionar outra mulher mais honrada que a mãe de Judas.

Vá à mãe de Jesus. A espada também está em seu coração; ela lhe contará sobre mim, e você entenderá.

A mulher de Biblos

Um lamento

Chorem comigo, filhas de Astarte, e todos vocês amantes de Tamuz[4]. Façam seu coração derreter, se erguer e derramar lágrimas de sangue, pois Aquele feito de ouro e marfim não mais existe.

Na floresta escura o javali O dominou, e as presas do javali perfuraram Sua carne. Agora Ele jaz manchado com as folhas do ano passado, e Seus passos não mais despertarão as sementes que dormem no seio da primavera. Sua voz não virá com a aurora à minha janela, e ficarei sozinha para sempre.

Chorem comigo, filhas de Astarte, e todos vocês amantes de Tamuz, pois meu amado escapou de mim; Ele que falava como os rios falam; Ele cuja voz e o tempo eram gêmeos; Ele cuja boca era uma dor vermelha transformada em doçura; Ele em cujos lábios o fel se transformava em mel.

---

[4] Deus fenício; companheiro de Astarte.

Chorem comigo, filhas de Astarte, e vocês amantes de Tamuz. Chorem comigo ao redor de Seu esquife enquanto as estrelas choram, e enquanto as pétalas da lua caem sobre Seu corpo ferido. Umedeçam com suas lágrimas as cobertas de seda de minha cama, onde meu Amado uma vez se deitou em meu sonho, e se foi em meu despertar.

Eu as convoco, filhas de Astarte, e todos vocês amantes de Tamuz, desnudem o peito, chorem e me confortem, pois Jesus de Nazaré está morto.

Maria Madalena trinta anos depois

Sobre a ressurreição do espírito

Mais uma vez digo que, com a morte, Jesus venceu a morte, e ergueu-se do túmulo um espírito e um poder. E Ele caminhou em nossa solidão e visitou os jardins de nossa paixão.

Ele jaz não ali naquela fenda na rocha atrás da pedra.

Nós que O amamos O vimos com estes nossos olhos que Ele criou para ver; e O tocamos com estas nossas mãos que Ele ensinou a se estender.

Sei que vocês não acreditam Nele. Já fui uma de vocês, e vocês são muitos; mas seu número vai diminuir.

Precisam quebrar sua harpa e sua lira para descobrir a música lá dentro?

Ou precisam sentir uma árvore antes de acreditar que ela dá frutos?

Vocês odeiam Jesus porque alguém do País do Norte disse que Ele era o Filho de Deus. Mas vocês se odeiam porque cada um de vocês se considera bom demais para ser irmão do outro.

Vocês O odeiam porque alguém disse que Ele nasceu de uma virgem, e não da semente do homem.

Mas vocês não conhecem as mães que vão para o túmulo virgens, nem os homens que descem à sepultura engasgados com a própria sede.

Vocês não sabem que a Terra foi dada em casamento ao Sol, e que a Terra é que nos manda adiante à montanha e ao deserto.

Há um abismo que se abre entre aqueles que O amam e aqueles que O odeiam, entre aqueles que acreditam e aqueles que não acreditam.

Mas quando os anos atravessarem o abismo vocês saberão que Ele que viveu dentro de nós é imortal, que Ele era o Filho de Deus, assim como somos os filhos de Deus; que Ele nasceu de uma virgem, assim como nascemos da Terra sem marido.

É estranho que a Terra não dê aos descrentes as raízes que sugariam seu seio, nem as asas com as quais voar alto, beber e se saciar com o orvalho de seu espaço.

Mas eu sei o que sei, e é o suficiente.

Um homem do Líbano

Dezenove séculos depois

Mestre, mestre cantor,

Mestre das palavras não ditas,
Sete vezes nasci e sete vezes morri
Desde sua rápida visita e nossas breves boas-vindas.
E eis que vivo novamente,
Lembrando-me de um dia e de uma noite sobre as colinas,
Quando sua maré nos ergueu.
Desde então muitas terras e muitos mares atravessei,
E onde quer que me levassem a sela ou a vela
Seu nome era oração ou argumento.
Homens o abençoavam ou o amaldiçoavam;
A maldição, um protesto contra o fracasso,
A bênção, um hino do caçador
Que retorna das montanhas
Com provisões para sua parceira.
Seus amigos ainda estão conosco para confortar e apoiar,

E seus inimigos também, para resistência e segurança.
Sua mãe está conosco;
Contemplei o brilho de seu rosto no semblante de todas as mães;
Sua mão balança berços com suavidade,
Sua mão envolve mortalhas com carinho.
E Maria Madalena ainda está entre nós,
Ela que bebe o vinagre da vida e então ele vira vinho.
E Judas, o homem da dor e das pequenas ambições,
Ele também caminha sobre a terra;
Mesmo hoje ele ataca a si mesmo quando sua fome nada mais encontra,
E busca seu Eu maior na autodestruição.

E João, aquele que amava a beleza, está aqui,
E ele canta, embora o ignorem.
E Simão Pedro, o impetuoso, que O negou para poder viver mais que você,
Ele também se senta junto ao nosso fogo.
Ele talvez O negue novamente antes da aurora de um novo dia,
Mas seria crucificado por sua causa e se consideraria indigno da honra.
E Caifás e Anás ainda vivem seus dias,
E julgam os culpados e os inocentes.
Eles dormem sobre a cama de plumas
Enquanto aquele que eles julgaram é açoitado pelo chicote.

E a mulher que foi pega em adultério,
Ela também caminha pelas ruas de nossas cidades,
E tem fome do pão ainda não assado,

E está só em uma casa vazia.
E Pôncio Pilatos também está aqui:
Ele se mantém assombrado diante de você,
E ainda o interroga,
Mas não ousa arriscar sua posição nem desafiar uma raça estrangeira;
E ainda está lavando as mãos.
E agora Jerusalém segura a bacia e Roma o jarro,
E entre as duas, mil milhares de mãos seriam lavadas até a brancura.

Mestre, Mestre Poeta,
Mestre das palavras cantadas e faladas,
Eles construíram templos para abrigar seu nome,
E sobre cada altura eles ergueram sua cruz.
Um sinal e símbolo para guiar seus pés caprichosos,
Mas não até a sua alegria.
Sua alegria é um monte além da visão deles,
E ela não os conforta.
Eles honram o homem desconhecido por eles.
E que consolo há em um homem como eles, um homem cuja bondade é como sua própria bondade,
Um deus cujo amor é como seu próprio amor,
E cuja piedade reside em sua própria piedade?
Eles não honram o homem, o homem vivo,
O primeiro homem que abriu os olhos e olhou para o Sol
Com pálpebras firmes.
Não, eles não O conhecem e não serão como Ele.

Preferem ser desconhecidos, caminhando na procissão dos desconhecidos.

Preferem carregar a tristeza, a tristeza deles,
E não encontrarão conforto em sua alegria.
Seus corações doloridos não buscam o consolo de suas palavras e a canção delas.
E sua dor, silenciosa e disforme,
Transforma-os em criaturas solitárias e não visitadas.
Embora ligados por parentesco e espécie,
Vivem com medo, sem companheiros;
Mas não querem ficar solitários.
Curvam-se para o leste quando sopra o vento oeste.

Chamam-no de rei,
E ficariam em sua corte.
Declaram-no o Messias,
E desejam eles mesmos serem ungidos com o óleo sagrado.
Sim, eles viveriam a sua vida.

Mestre, Mestre Cantor,
Suas lágrimas eram como as chuvas de maio,
E seu riso era como as ondas do mar branco.
Quando falava, suas palavras eram o sussurro distante dos lábios quando esses lábios eram acesos com fogo;
Você ria para a medula nos ossos que ainda não estava pronta para o riso;
E você chorava pelos olhos deles, ainda secos.
Sua voz foi o pai de seus pensamentos e compreensão.
Sua voz foi mãe de suas palavras e respiração.

Sete vezes nasci e sete vezes morri,
E agora vivo novamente e o contemplo,
O lutador entre lutadores,

O poeta dos poetas
Rei acima de todos os reis,
Um homem seminu com seus companheiros de estrada.
Todos os dias o bispo inclina a cabeça
Quando pronuncia o seu nome.
E todos os dias os mendigos dizem:
"Pelo bem de Jesus
Dê-nos uma moeda para comprar pão."
Chamamo-nos uns aos outros,
Mas na verdade chamamos você,
Como a enchente da primavera de nosso anseio e desejo,
E quando o outono chega, como a maré vazante.
Alto ou baixo, o seu nome está em nossos lábios,
O Mestre da compaixão infinita.

Mestre, Mestre de nossas horas solitárias,
Aqui e ali, entre o berço e o caixão, encontro seus irmãos silenciosos,
Os homens livres, sem grilhões,
Filhos de sua mãe terra e do espaço.
São como os pássaros do céu,
E como os lírios do campo.
Vivem sua vida e pensam seus pensamentos,
E ecoam sua canção.
Mas estão de mãos vazias,
E não são crucificados com a grande cruz,
E aí jaz a dor deles.
O mundo os crucifica todos os dias,
Mas apenas de pequenas maneiras.
O céu não é abalado,
E a terra não se angustia com sua morte.

Eles são crucificados e não há ninguém para testemunhar sua agonia.
Eles viram o rosto para a direita e para a esquerda
E não encontram ninguém que lhes prometa um lugar em seu reino.
Mesmo assim, eles seriam crucificados repetidas vezes,
Para que o seu Deus possa ser o Deus deles,
E o seu Pai, o Pai deles.

Mestre, Mestre Amante,
A Princesa aguarda sua chegada em sua alcova perfumada,
E a mulher casada descasada em sua jaula;
A prostituta que procura pão nas ruas de sua vergonha,
E a freira em seu claustro, sem marido;
A mulher sem filho também à janela,
Onde a geada delineia a floresta no vidro,
Ela encontra você naquela simetria,
Imagina ser sua mãe e se sente confortada.

Mestre, Mestre Poeta,
Mestre de nossos desejos silenciosos,
O coração do mundo estremece com o pulsar de seu coração,
Mas ele não queima com a sua música.
O mundo se senta e ouve sua voz em deleite tranquilo,
Mas não se levanta de seu assento
Para escalar os cumes de suas montanhas.
O homem sonha o seu sonho, mas não desperta à sua aurora
Que é seu maior sonho.
Ele vê com a sua visão,

Mas não arrasta os pés pesados até seu trono.
Apesar disso, muitos foram entronados em seu nome
E mitrados com seu poder,
E transformaram sua visita dourada
Em coroas para sua cabeça e cetros para suas mãos.

Mestre, Mestre da Luz,
Cujo olho habita os dedos tateantes do cego,
Você ainda é desprezado e zombado,
Um homem fraco e instável demais para ser Deus,
Um Deus humano demais para gerar adoração.
A missa e o hino deles,
O sacramento e o rosário são para seus eus aprisionados.
Você é o eu ainda distante, o grito longínquo e a paixão.

Mas Mestre, Coração Altíssimo, Cavaleiro de nosso mais belo sonho,
Você ainda trilha este dia;
Nem arcos nem lanças detêm seus passos.
Você caminha através de todas as nossas flechas.
Você sorri para nós,
E embora seja o mais novo de todos nós
É o pai de todos.

Poeta, Cantor, Grande Coração,
Que nosso Deus abençoe o seu nome,
E o ventre que o conteve e os seios que o amamentaram.
E que Deus perdoe a todos nós.

Este livro foi impresso pela Gráfica Grafilar
em fonte Adobe Garamond Pro sobre papel Pólen Soft 70 g/m²
para a Mantra no outono de 2023.